LUC KWANTEN

正南看北斗

一位欧洲汉学家眼中的中国巨变

[比利时] 吕光东——著 散树——译

译林出版社

图书在版编目(CIP)数据

正南看北斗 : 一位欧洲汉学家眼中的中国巨变 / (比)吕光东著 ; 散树译. -- 南京 : 译林出版社, 2022.11
ISBN 978-7-5447-9393-3

Ⅰ. ①正… Ⅱ. ①吕… ②散… Ⅲ. ①纪实文学-比利时-现代 Ⅳ. ① I564.55

中国版本图书馆 CIP 数据核字 (2022) 第 162833 号

正南看北斗 : 一位欧洲汉学家眼中的中国巨变 [比利时] 吕光东 / 著 散树 / 译

责任编辑 王玉强
装帧设计 胡 苨
校 对 张 萍
责任印制 颜 亮

出版发行 译林出版社
地 址 南京市湖南路 1 号 A 楼
邮 箱 yilin@yilin.com
网 址 www.yilin.com
市场热线 025-86633278
排 版 南京新华丰制版有限公司
印 刷 江苏凤凰新华印务集团有限公司
开 本 850 毫米 ×1168 毫米 1/32
印 张 10.25
插 页 4
版 次 2022 年 11 月第 1 版
印 次 2022 年 11 月第 1 次印刷
书 号 ISBN 978-7-5447-9393-3
定 价 79.00 元

致

李景端

陈鸣铮

西方人把世界史的范围缩得特别小。他们对以色列、古希腊和古罗马以外所知甚少。因此，这三个国家以外，皆被西方人一统而概之。

西方一些旅行家和探险家曾到中国海域和印度洋，或旅行，或探险。他们要么是驾驶船只来的，要么骑着骏马，穿过广袤无垠的中亚，抵达波斯湾。但西方人对这些旅行家、探险家的活动，皆视而不见，装聋作哑。

其实，在地球上，这块更为广袤的土地拥有多种多样的文化。虽然这些文化与古希腊、古罗马的文化迥然不同，但这块土地上的文明毫不逊色于古希腊、古罗马文明。然而，那些撰写自己小世界历史的西方人，对这块土地一直一无所知。他们在撰写历史时，抱着这样一种印象：自己所撰写的，就是整个世界的历史。

——亨利·考狄[1]

1 亨利·考狄（Henri Cordier，1849—1925）：西方汉学家，法国历史学家、语言学家。第一种国际汉学期刊《通报》（创办于1890年）的创办人之一，《西人论中国书目》的作者，1880年儒莲奖获得者。《西人论中国书目》又称《中国书目》《考狄书目》，至今仍为西方学者研究中国历史文化的必读书。

——译注，下同

文明与“我们的”文明并不等同，

现在，或者无论什么时候，

国家与文化的重建，

皆与我们的本性为一体，

也与之更为相宜，

胜过渴盼与悲叹。

——雅克·巴尔赞[1]，《我们应有的文化》

1 雅克·巴尔赞（Jacques Barzun，1907—2012）：美国历史学家，文化史研究奠基人之一。他一生著作等身，涉猎内容包括历史学、科学、文学、哲学、音乐和艺术等领域，代表作有《从黎明到衰落：西方文化生活五百年，1500年至今》《我们应有的文化》《智性之家》等。

但凡与人相关的事物，我都没感觉到陌生。

——泰伦提乌斯[1]

1 泰伦提乌斯（Publius Terentius Afer，约前195—前159）：古罗马喜剧大师，与普劳图斯齐名。他文风高雅纯净，六部喜剧作品流传至今，一直被视为纯正拉丁文的典范。

远行过的人懂得尤利西斯的幸福，
尝过金羊毛得手之人的喜乐。
具足的因缘，把他带回家乡，
与亲人相伴，颐养天年！

唉，何时能再见到我的小村庄？
炊烟袅袅，那是什么季节？
何时能再睹篱笆里的家园？
它那么美，让天堂自惭形秽！

别说那张扬的罗马宫殿，
祖先搭起的茅草房更令我喜欢；
别提那雍容的大理石，
房顶的薄石板一直铺在我心间。

——杜贝莱[1]

---

1 杜贝莱（Joachim du Bellay，1522—1560）：文艺复兴时期法国诗人，七星诗社重要成员。主要诗集有《罗马古迹》《悔恨集》等。此处诗句由本书作者略作改写。

目　录

序　言

我上中学的时候，在我的祖国比利时，世界史是从古代中东、古希腊、古罗马的历史开始教的，然后是其后继王国的历史。欧洲文化渗透力很强，甚至渗透到一些小村庄。不管欧洲人有没有充分注意到，欧洲的历史和文化已经浸透了每一个欧洲人的生命。任何人只要愿意透过表层稍微看一眼，就会感受到历史的存在。对历史的这种特殊感受，我称之为“历史情结”。

当然，在欧洲生活的时候，我能感受到历史的存在。在苏联的列宁格勒（今俄罗斯圣彼得堡）、莫斯科，我也能感受到历史的气息。而在中国，这种感受尤为强烈。我第一次来中国是在1982 年，一迈入北京机场，历史气息就扑面而来。那时的北京机场，既不美也不实用，却令我真切地感受到自己来到了一个历史和文化并存的国度。这个国度既让我感到陌生，也令我一见如故。

从机场到北京大学的路上，这种感觉仍挥之不去。中国让我产生了一种前所未有的强烈的历史感。在中国生活了几十年，我对这个国家的历史和传统看得更加清楚了。二者相互交织，如水乳交融。两德统一之前，我去东欧看了看。那儿的大城市也让我有一种同样的感受。

欧洲国家、中国和俄罗斯都有着悠久的历史，也都有着古老的传统，并且都被很好地记录了下来。一走进这些国家的海关，你的历史感就会油然而生，你会感觉自己来到了一个“国家”。1961 年，我第一次去美国的时候，是在欧洲起航，在纽约上岸的，我感觉自己只是到了一个城市，而不是一个国家。纽约这个城市的地位高高在上，凌驾于它所在的美国之上。去澳大利亚墨尔本访友，我也有着同样的感受。所有移民国家都一样，这是它们共同的命运。

三十年前，由于命运的巧妙安排，我遇到了资深出版人李景端先生，他是译林出版社首任社长。《中华人民共和国著作权法》出台后不久，大陆召开了一次国际版权贸易会。就是在这次会议上，我认识了李景端。他是《中华人民共和国著作权法》

的积极推动者，我和太太陈历莉作为版权代理人，自然也是该部法律的拥护者。

译林出版社出版了很多欧洲文学作品，其中包括詹姆斯·乔伊斯的大作：《尤利西斯》。年轻时，我也读过这部作品，读起来感觉艰深晦涩，实属没罪找枷扛。我问李先生："翻译这本书，译者用了多长时间？"他简短地回答："半辈子！"

在2017年北京国际图书博览会上，我和译林出版社的顾爱彬、谢山青两位社长不期而遇，他们邀请我写写我客居中国三十余载的所见所闻，所思所感。经过一番考虑之后，我欣然应允了。我曾在南卡罗来纳大学东亚系（当时叫远东系）任助教，几年后被芝加哥大学聘为教授，兼任该校远东图书馆馆长。

有些人问我："你为什么离开了美国？"我答道："我把桥梁烧掉了，即连接我和美国的桥梁。"我对美国有些负面看法，觉得它太浅薄，也太形式主义了。所以，我决定休两年学术假，先去中国台湾待一段时间；等假期结束，就不回美国了。我想回到我的出生地——欧洲。中国台湾给了我一笔研究经费，让我研究清朝的历史，但那里的学术界也非净土，总让我想起美国的大学。然而在台北，我遇到了我的现任太太历莉。算到今年（2021），我俩已经结婚三十多年了。我没有返回欧洲。在台湾生活几年后，我终于搬到了大陆。

这本书原本打算在 2020 年初出版，几次三番延误，皆因一件事：新冠疫情。

武汉疫情暴发的时候，我和太太正在马来西亚纳闽联邦直辖区。纳闽是一个约九十八平方公里的小岛，岛上只有八万居民，四周全是南海的海水，没有任何工业污染。我们在岛上有个过冬的家，非常安静。大门离海边只有二十米。我们在新闻里看到，中国大陆许多地方疫情肆虐。有些朋友本打算来看我们，但是航班都被取消了。

2020 年 3 月 18 日，马来西亚封国。我们既无法回到上海，也无法离开马来西亚。熬到 10 月 11 日，才终于赶上了吉隆坡飞上海的最后一趟航班。要是错过了这趟航班，恐怕到今天，我俩还困在马来西亚呢。高兴的是，我们总算回来了。在上海家中重写这篇序言，令我感到久违的安宁。

IN PEACE! SHALOM ALEICHEM! AS-SALAMA ALEIKEM! PAX VOBIS![1]

2021 年 5 月 1 日

1 以上分别为英语、希伯来语、阿拉伯语和拉丁语的“祝你平安”。

第一章

个人概况

第一节　降生即为难民

1944 年 1 月 8 日清晨 6 时许，我出生在柏林东郊的一个小镇上。第二次世界大战末，这个小镇没能幸免于难。苏联红军从柏林东部急速向西推进，将这座纳粹之都几乎夷为平地。[1] 当然，婴儿记不住自己出生时的状况。母亲告诉我，我是在黎明破晓时分，在我家某位世交的宅邸里降生的。我自己加了点补充：迎接我的是东方震耳欲聋的重型火炮声，是西方九天惊雷般的炸弹爆炸声。

母亲生前没对我发过几次火，但只要一发火，她就用可怕的言辞，渲染生我时难产的情形。母亲的这些唬人之词，我从没当真过，但我深信当时的她非常害怕，深陷恐惧之中。这是自然而然的，因为东西方大军都在向柏林进军，而苏联红军比西方盟军

---

1 指柏林战役（1945 年 4 月 16 日—5 月 8 日）：第二次世界大战期间苏联红军对德军最后的进攻战役，自此法西斯德国灭亡。

来得更快。

母亲的出生年份是个无解的谜。我们知道她的生日是 8 月 31 日，但她没说是哪一年。如果她报出的年龄比真实年龄小了那么几岁，哪怕有十岁之多，我也不会责怪她。在炮火纷飞的年代里，作为犹太难民，掩盖年龄实是明智之举。母亲是位富有魅力的女人。她离世的时间很清晰：1997 年 8 月 31 日。就在她去世五个小时前，在法国巴黎阿尔玛桥隧道，戴安娜王妃因遭遇车祸香消玉殒，再觅不得。

母亲是在一家安养院离世的。病重后，她在那儿接受姑息照护[1]。从她住的那个护理间，可以看到风光如画的北海。每当我陪护的时候，她就坐在外面的堤坝上喝咖啡，里面兑着查尔特勒酒[2]。母亲一坐就是好几个钟头，她沉默不语，只是眼望着北海出神。她的青少年时代是在波罗的海岸边度过的。母亲还能记起那些时光吗？我永远也无法知晓了。

1990 年两德统一之前，我和柏林洪堡大学的几位朋友，去了波罗的海岸边的施图本卡默[3]，德国人称波罗的海为“东海”

---

1 姑息照护（palliative care）：一种支持性照护方法，即通过早期识别、积极评估、控制疼痛和缓解其他痛苦症状，包括躯体、心理、社会和宗教的困扰，来预防和缓解身心痛苦，从而改善威胁生命疾病的患者及其亲人的生活质量。

2 查尔特勒酒（Chartreuse）：法国查尔特勒修道院的修道士们发明的一种酒，黄绿色，由蒸馏酒精和 130 种草本植物陈酿而成。

3 施图本卡默（Stubbenkammer）：波罗的海的一个海角，位于德国东北部。

（Ostsee）。我们在那儿停留了两周之久。我爱上了那个地方，根本不想挪动离开的步伐。这是因为我继承了母亲的潜在记忆吗？

从电话中得知，母亲已卧病在床，来日无多，我立即动身去机场，在机场现买各段航程的机票。我一路花了三十六个小时，从台北经香港、孟买，转机到苏黎世，再从苏黎世开车——那个时代汽车不限速——火速奔赴母亲的床榻边。就在那个房间里，我紧握着母亲的手；意识到我来了，母亲含混地说了些什么，随即，再次陷入了昏迷。我没听清她说的是什么，但我记得她非常轻、非常轻地按了一下我的手。

即便在半昏迷中，母亲身上所受的剧烈疼痛依然非常明显。我和医护人员商讨此事。他们告诉我，在办住院手续时，母亲就已亲笔写出（字迹很潦草）：她的治疗由我，且只能由我来决定；她把自己的老伴约斯明确排除在外。在当时的比利时，"尊严死"尚未通过立法，倘若患者处于私立姑息照护期间，这种方式是被社会普遍认可的。和医护人员商讨后的四十八个小时里，母亲在监护中被注射了吗啡，剂量也在缓缓加大。日出之际，母亲于安睡中长揖世间。

医生允许我单独留在她的护理间。我戴上自己的圆顶小帽——犹太人遮盖头部的传统小帽，平时我不戴——对着母亲的遗体，毕恭毕敬地默哀良久之后，吟诵起犹太人为亡者而备的祈祷文《迦底什》。犹太圣典《塔木德》既没提到人死后如何，也没提到天堂和地狱，但我们犹太人总去教堂缅怀自己的先人。吟诵完《迦底什》，我立即登上了返家的长途之旅。母亲生前希望自己的葬礼按宗教仪式来办，无论什么宗教都行，约斯却置若罔闻。因他执意按自己的计划为母亲料理后事，我拒绝加入其中。

母亲的骨灰被他撒在草丛中，随风飘散。几个月后他才发现，母亲给我留过遗嘱：没有她的九名外孙的准许，她的房屋不能出卖；在这些孩子全都成为法定成年人之前，也不能出卖。而最小的那个孩子，再过十三年，才会成为法律意义上的成年人。约斯始终没能攫获那套房子。后来，房子被变卖了，房款均分给了母亲的每一个外孙。每逢母亲的祭日，我们总为她念诵《迦底什》。

犹太后裔是按照母系传承确定的。所以，自出生起，我就是名犹太人。从种族上来说，我总认定自己为犹太人，但我的种族渊源也好，宗教信仰也罢，碍不着任何人的事，一点都碍不着。我尊重每个人信奉的宗教，只要你不把自己的宗教观点强加于我，那咱俩一定会聊得甚为开怀。我也不会挑战神灵，可我知道神的规矩是人制定的。

母亲和我都是犹太人，我们肯定也有自己的家人，但母亲既没有明着说起过他们，也没有暗地里提过。母亲仿佛把自己的过去一笔勾销了。有几位长辈尽心地抚养过我，但他们和我们都没有血缘关系。这些长辈也是逃出德国纳粹魔掌的难民。我离开他们家后，年龄尚小，无法与他们保持联系。后来长大些了，语言知识也得到了拓展，我才意识到这些长辈有个共同点：他们都说德语、俄语和意第绪语。在犹太人的信仰中，有一些神圣的日子。在其中最神圣的一天——赎罪日[1]，这些长辈无一不斋戒。不过小时候，我不知道这一天是最神圣的日子，只知道我得饿一天肚子！

现在，为了避免错过赎罪日，我在电子日历上设置了提醒。在欧洲长大的人，都知道犹太人遭受的大屠杀，希伯来语称之为“浩劫”。若赶上浩劫纪念日，我就不工作了，赎罪日亦是如此。可我不去犹太教堂参加纪念活动，那些活动太正式了，编排性太强了。

不过，在两种场合下，我仍去教堂。一是葬礼，如果哪位朋友的葬礼在教堂举行，不管他生前信奉什么宗教，我都会过去寄托哀思。二是婚礼，我会应邀出席在教堂举办的婚礼。婚礼总是欢快的，供给宾客的伏特加应有尽有，人们载歌载舞，好不热闹！

比利时全境遭受过无数次战争，可谓国运多舛，民生多艰。无论过去还是现在，比利时都是一个很小的国家。1940 年，全国

1 赎罪日（Yom Kippur）：新年过后的第十天。在这一天中，犹太人大都会去教堂，不工作，且禁食。

约有 830 万居民。“二战”结束后，人口缩减了约 40 万；其中 40 690 人被遣送到纳粹德国，惨遭屠戮。这一数字，涵盖了比利时几近三分之二的犹太人口。众多家庭自然饱受其害。我上小学时，学校里的诸多男孩子，只知道他们父亲的名字。那些父辈在纳粹德国“失踪”了，而“被杀”“死亡”之类的字眼，是不被社会接受的。

第一次世界大战爆发后，德国人不请自来，把比利时占领了，直到战争结束，德军方才撤了出去。“二战”期间，比利时再度遭此厄运。1944 年 12 月，纳粹德国吞并了整个比利时，把它作为大德意志帝国的一方完整势力。1945 年下半年，比利时全境才得以解放。

母亲和我是在什么时候离开柏林的？我不知道。什么时候搬到比利时海滨的？我也不知道。母亲从不谈论她的过去，而是把秘密带进了自己的坟墓里。在转到安养院之前，母亲销毁了她所有的文件、她个人所有的照片，以及我俩的全部合照。她把自己的过去一键清除了。

1968 年，由于我要离开母亲两年之久，我就把自己的所有物品留给她保管，但母亲也把它们全部销毁了，我过去的痕迹也全部被抹去了。母亲是什么时候执行火刑的？约斯和她最好的朋友厮混到了一起，并且就在母亲的房子里行不忠之实。母亲很可能是在发现此事之后，在转去安养院之前，把我俩的物品全部销毁的。

离家独自生活的那一年，我只有十六岁。那年，继父给我办理了成人手续。离开家的时候，母亲送给我两张狐皮，一张银色的，一张红色的。母亲告诉我，这是留给“我”的传家宝。传家之宝，自然是代代相传的。在纽约曼哈顿居住期间，我请到一位知名的俄罗斯皮货商，为这两张狐皮做鉴定。

他鉴定出，银色的那张是北极银狐皮，红色的那张是西伯利亚亚种狐狸皮。在西伯利亚北部地带的伊尔库茨克西部地区，这样的狐皮十分常见。这两张狐皮的鞣革，是在 19 世纪晚期和 20 世纪早期完成的。有了鞣革工艺，皮革能保存数百年之久。根据这位皮货商的估计，这两张狐皮已有一两百年的历史。

它们伴我一路辗转，从布鲁塞尔来到了上海。这两张传家宝是我与母亲、与母系宗亲之间唯一的一条联结纽带，一条美丽的缄默的纽带。我们家族的香火，将随着我的故去而灰飞烟灭。普鲁士有个传统：每个家族的最后一名成员在离世前，必须亲手焚烧掉最重要的祖传遗物。这个传统比较怪：假若最后一名成员还没来得及销毁，就已经撒手人寰了，那么传家宝又由谁来销毁呢？

第二节　早期时光

我成长于斯的比利时，是欧洲一个很小的国家。生命的最初几年，我是在北海的一个小渔村度过的。它叫圣依代斯巴德[1]，距法国边境约十公里。七岁那年，我开始在首都布鲁塞尔生活。圣依代斯巴德已不复存在，在大的城市扩张中被兼并了。现在，那个地方以啤酒闻名四方。

我总把自己先定位成一名欧洲人，其次才是比利时子民。这种定位是正常的，因为欧洲所有大的王国都曾统辖过我的国度。最后一个统治我们的皇家机构，是荷兰奥兰治王室（1544 年成立，延续至今）。1830 年，国人非常粗鲁地把荷兰人踢了出去。比利时现为君主立宪制下的联邦制国家。按语言来划分，比利时共有三个大区：弗拉芒区（荷兰语区）、瓦隆区（法语区）和德语区。

1 圣依代斯巴德（St. Idesbald）：比利时西弗兰德省的一个小村庄，比邻法国边境。

我们的国人都喜欢国王，君主立宪制下的国王。所以，在1830年，同胞们从德国东部请来利奥波德一世，让他做比利时的第一任国王。利奥波德一世统治着德国东部的萨克森，他家和英国国王是亲戚。

1830年以前，比利时这个国家并不存在。1815年，在埃诺[1]伯爵领地的一座农舍附近，拿破仑被打得一蹶不振。击溃他的多方势力折中调和，比利时方于1830年得以建国。英国人喜欢这样揶揄我们：正是因为在你们比利时，拿破仑才遭遇了滑铁卢。但我们国人不以为忤，毕竟那个地方能为国家招揽四海的游客，能让我们获得旅游收入，以及餐饮等外围收入。滑铁卢一带的美食特别有名。

至于首都布鲁塞尔，早在石器时代就有迹可循了，但最早可考的遗迹，只有一座小教堂。它建于582年，至今仍在，成为某座罗马天主教堂的一部分。976年，这座天主教堂被布拉班特公国[2]收入囊中。随着时间的流逝，布鲁塞尔逐渐发展壮大，成了一个重要的贸易中心，并最终成为比利时的首都。

这座城市的荣耀岁月是在中世纪盛期[3]。这个时期是荷兰、

---

1 埃诺（Hainaut）：历史区域名，地处比利时西南部、法国北部。形成于9世纪；17世纪时，部分地区被法国吞并。

2 布拉班特公国：神圣罗马帝国时期的一个公国，成立于1183年，在现今比利时境内。

3 中世纪盛期：欧洲的一个历史时期，通常认为是从11世纪到13世纪。

法国和西班牙帝国的转折点，海外贸易开始蒸蒸日上，文化也变得多姿多彩，而布鲁塞尔正是这三个国家（尤其是西班牙帝国）的贸易和文化中心。

西班牙帝国由查理五世[1]立国。查理五世原是弗兰德伯国的伯爵，该伯国的首府就在比利时的根特。我们常开玩笑说，这位伯爵之所以搬到了西班牙，图的只是那儿的大好阳光。比利时常年阴雨，年均220天都在下雨。谁乐意生活在那样一个地方呢？

现在，由于气候变化，异常高温天气越来越多了，干旱地区有增无减，冬季气温也越来越低了。2020年，全球气候尤为恶劣。美国国家环境保护局居然说，地球上不存在气候变化这种现象。在我的祖国比利时，现在一到冬天，天气就更加寒冷了，和我小时候的冬天一样，人们能在运河上滑冰、打曲棍球；一到夏天，天气更热了，以前凉爽得很，连空调都用不着。

在整个北半球，自然引发的火灾越来越多；夏季热浪翻腾，冬季寒冷异常，极端天气令气温破了纪录，连北极的冰川和冰块也融化了。在比利时，以前哪出现过干旱！2020年上半年，极端天气在全球造成了大规模的破坏，很多人死的死，伤的伤！世界气

1 查理五世（1500—1558）：神圣罗马帝国皇帝、西班牙国王。

候已到了临界点了！

多年以后，也是因为天气原因，我追随查理五世的脚步——去了西班牙。我到的城市是巴塞罗那，但第二次去就被踢了出来。我更喜欢西班牙的加泰罗尼亚人，而不是卡斯蒂利亚人。佛朗哥[1]将军却不喜欢前者，嫌他们太社会主义化！感兴趣的读者如果想了解更多，我可以推荐一部饱受忽略的作品：《向加泰罗尼亚致敬》（1938）。乔治·奥威尔的这部非虚构的反战作品，较之雷马克[2]的《西线无战事》，更加真实，反战意味也更浓。就我个人品位而言，它远好过海明威的《丧钟为谁而鸣》。

现如今，布鲁塞尔也是欧盟的行政首都。在这座古老的城市中，历史古迹星罗棋布，布鲁塞尔大广场即是其中之一。它是欧洲最美的中央大广场，也是布鲁塞尔最富吸引力的旅游景点，本国人和外国游客都喜欢到这儿游玩。

在意大利半岛和西西里岛以外的地方，古罗马时期的建筑保存下来的可能并不多。布鲁塞尔虽屡遭战争破坏，很多罗马式房屋、纪念碑却得以幸存。在我年少的时候，这些建筑仍非常醒目，默默诉说着过去的历史。若上苍假以天年，我希望能写一本《历史的哲学》，并赋予这种历史一个名字：潜在历史。

1 佛朗哥（Francisco Franco，1892—1975）：西班牙国家元首。
2 即埃里希·玛利亚·雷马克（Erich Maria Remarque，1898—1970），美籍德裔作家。

我的少年时代过得很快活。就当时所处的年代来看，长辈给我的自由多到令人难以置信，即便放到今天，恐怕也令人匪夷所思。2018年，在美国，犹他州不是出台了一个法案[1]吗？允许少年儿童独自去公园玩耍，独自去上学，放学后独自回家。在这之前，美国父母如果放手子女这么做，就会失去监护权了。要是搁在比利时，恐怕所有父母都没有监护权了！

没有成人干预的生活，我乐在其中。其实，真实情况是，长辈一边在远处监护着我，一边让我享受着自由。在成长过程中，我遇到了两位关键性的长辈，一位是波玛（当地对外婆的亲昵称呼），一位是埃玛姨妈。我和她俩都没有血缘关系，但那时的我对此毫不知情。波玛教会了我写字、阅读、倾听古典音乐。后来只要一读书、写作，我就播放古典音乐。

比利时国家广播电台有个乐团，埃玛姨妈是弦乐部的一员。她和我的许多老师都进一步拓展了我对书籍、古典音乐的爱好。每见我读完一本书，埃玛姨妈就提问我，如果我答非所问，她就要求我重读一遍。

我读的大多数书籍，面向的几乎都是成人群体，波玛和埃玛姨妈都认为：任何一本对成年人有益的书籍，自然也不会毒害到

1 即SB65号法案，全美首例被喻为“自由放养”（free-range parenting）的法案。该法案赋予父母一定程度的放养权，避免监护人对孩童过度保护，但未限定儿童的年龄。

儿童。的确如此。现如今，童书出版商却希望降低书籍的语言难度。这会造成未来人口的低智化，导致社会上出现更多文盲，更多儿童将成为不懂语言的呆瓜！

波玛为帮助我学习，送了我一套法语版的《拉鲁斯百科全书》，里面有精美的插图。波玛和我说话时，一直用的是德语或俄语。后来，我把这套百科全书存放到了母亲的阁楼上。母亲执行火刑时，把它们也都烧毁了。她为什么要这么做？没人知道。

母亲患的是肠癌，转去安养院之前，她已经和病魔奋战了二十年之久。母亲一直都很坚强，从没诉过病痛之苦。我身上也有母亲的这种基因吧？希望如此！我太太却认为我没有！！！

我的儿童时代非常有意思，它被梦想所浇筑，且极富历险意味！每每在田间玩耍，玩得连家都忘了回时，波玛就端起猎枪，朝着弗兰德的大野兔放上两枪，好诱使我回家。这种野兔体型硕大，成年雄兔的体重能达到三十公斤。一只兔子够全家吃上好多顿。当地野兔成群出没。只是，人们不设陷阱，而直接用枪射杀，太残忍了！

儿童时代，我拥有自己渴求的自由，处在遥远监护下的自由。长辈的监护不显山不露水，我都没有觉察到。我一直认为，这样的童年真是太美好了。关于我的青少年时期，请详见《书籍与战斗机》。一些忙忙碌碌的专业人士，如精神科医生、心理学家、社会工作者等，草草翻完这本书，却罔顾书里的内容，在公开场合妄加评论：他的青少年时期一定非常凄惨。

这些专业人士不明所以，就敢发布半学术式官话，真是错得离谱，错到极致。要是在美国，少时的我一定会被诊断为多动症（注意缺陷多动障碍），医生也一定会要求我服用阿德拉[1]。自 2003 年以来，美国儿童多动症患者越来越多，确诊率激增了 43%。

近来，一些不会说欧洲语言的美国专家信口开河，说我们欧盟的人不清楚自己有什么家底，也不知道如何运转自己的国家。他们怎么不看看自己的国家？都乱成啥样了！他们哪来的底气，竟敢在世界上乱指挥，还坚持认为欧洲当以美国为楷模！我是一名欧洲人，并且是一名老欧洲人，他们怎么不问问我呢？顺便说一句，我是个自由的社会主义者。

1 阿德拉（Adderall）：精神类药品，能起到兴奋神经中枢的作用，但久服极易成瘾，且有多种副作用。

第三节　皇家雅典娜

我的高中教育是在皇家雅典娜完成的。它有个文理综合班，招收的是布鲁塞尔最聪明的少年。入学时，对智商的最低要求为120。学校得知我既会说五种语言，又能用五种语言来阅读，就免掉了我的笔试，但要求我必须通过一场面试。于是，学校从大学请来五名教授，逐个面试我。面试结束后，我被皇家雅典娜录取，开始文理兼修：在文科的古典学和历史部，学习古希腊语和拉丁语；在理科部，学习高等数学和天体物理学。

皇家雅典娜作为一所公立学校，不设宗教课，但有两门与宗教相关的课程，一门是伦理与道德，一门是世界宗教史。每个学生都要选一门，这两门我都选了。世界宗教史这门课让我读到了《古兰经》，也是这门课植下了我对佛教的兴趣。

在皇家雅典娜，一年上课时间一共九个月，其余三个月是假期。每天早上 9 点开课，下午 4 点放学。紧接着是一个小时的自习时间（学生可以选择要不要再加一小时），用以温习当天的功课，并完成家庭作业。自习课不是强制性的，但多数学生都会善加利用。我们在学校就把作业完成了，暑假没有作业。比利时高中沿用的是法国古老的会考体系，成绩合格者获业士学位[1]，它相当于美国的文科学士学位。

比利时大学对所有公民都是免费的，但并非每个高中生都去上大学。一旦成为大学生，行为举止就要符合成年人的规范。如果你不愿受约束，还可以退学。即便退了学，你的人生也不会留下些许污名。大学仍保留你的学分，你随时可以回来，只要十年内完成学业即可。就算没读完，你也已经有了等同于美国学士的学位了。

十六岁离开父母后，我独自一个人生活。当时，我的住处和就读的高中离大广场都很近，不足一百米。战争期间，布鲁塞尔的内城墙倒塌，商业搬离了市中心。但只要布鲁塞尔或比利时有庆典，就总在大广场举行。庆典的由头非常多，就算没有的话，国人也会想一些出来。毕竟，我们把自己叫作“勃艮第公国之后裔”。从1384年到1482年，勃艮第公国统治着比利时。我们国人热爱精美的食物（一顿午餐能吃三小时），热爱本国的啤

1 业士学位（Baccalaureate）：法国、比利时等国家给参加中学毕业会考的成绩合格者颁发的证书。

酒（酒精含量至少 8%；比利时有 900 多种啤酒，出口的啤酒酒精含量在 4% 以上），也非常喜欢法国勃艮第出产的葡萄酒。

布鲁塞尔真的是我的家，但在我心里，我的家在北海的那个小渔村。缓慢地、确定无疑而又不可避免地，布鲁塞尔的家被我在上海的家所取代。截至目前，我在上海居住的时间，比在布鲁塞尔的时间还要长。而我在中国的时间，超过了我在比利时度过的时光，若比起在美国的时间，那就更长了。

第四节　服兵役

在比利时，每个公民一旦年满十八岁，就成了法定成年人，两周内要申请居民身份证。十八岁的男子还要到军事部门注册。几年前，比利时废除了强制性的兵役规定，但成年男子仍有注册的义务。比利时的选举权是强制性的，公民到了十八岁，就自动列进了选举人名册，必须行使选举权。

在一个真正民主的国家，选举权必须是强制性的。只有这样，才能限制各类极端主义者——不管他们拥有何种肤色——左右大选的结果。这项规定也限制了右翼党派、极端党派，使其无法在政治上施加影响。年满十八岁的公民，对自己的每个决定、每个行动，都要承担全部责任，父母不再负有法律上的义务。十八岁是离开家庭之巢的分水岭。

完成小学至高中的十年学业后（非跳级生需要十二年），两年的强制性兵役正在前方等着我。当时，冷战形势十分严峻，令欧洲处在剧烈的阵痛中。“同归毁灭论”（the Mutual Assured Destruction theory）甚嚣尘上，欧洲人时刻面临着核武器的威胁。“同归毁灭”的首字母缩写是“MAD”，真是恰如其分。这个理论绝对可以说是丧心病狂。只有疯人院的疯子才想得出！

由于更想成为一名军官，而非普通士兵，我和比利时空军签署了一份为期七年的合同。在这之前，我没有进行过专门的体育训练，但参加过一些危险的体育运动，如钢架雪车[1]、雪橇滑雪、攀爬高山险峰，身上还落下了一些伤疤。所以，体检时，我万没料到自己能一帆风顺。无论是体格检查，还是心理、医疗检测，我的成绩都是第一名，成了所有参检人员中唯一一名全方面合格的军官。比利时空军直接任命我为少尉，我的一些同学也过了关，按理说他们得向我敬礼。当然，他们没有这么做。在过去，战斗机飞行员是个特殊的兵种，现在仍然是。

1960 年 8 月至 1961 年 12 月，我在美国接受飞行训练，为日后飞 F-104G 星式战斗机[2]做准备。这是第一种适用于超音速 2 马赫持续飞行的战斗机，也是当时世界上飞得最快的战斗机。它的时速是音速的两倍，即每小时能飞 2 840 公里。然而，我的飞

1 钢架雪车（skeleton）：因造型与人体骨架相似，这类雪橇也被称为“俯式冰橇”或“骨架雪车”。钢架雪车运动起源于瑞士圣莫里茨，后发展成冬奥会项目。

2 F-104G 星式战斗机于 20 世纪 50 年代由美国洛克希德公司研制。在爬升率、最大升限方面性能卓越，曾长期保持世界纪录，有“载人导弹”之称。但因安全性能不可靠，发生多起坠机事件，又被叫作“飞行棺材”“寡妇制造者”。

行生涯没能持续太长时间。当时，冷战形势最为严峻，发生了震惊世界的古巴导弹危机（1962 年 10 月）。核战一触即发，人类到了生死存亡的关头。

最后一次驾驶 F-104G 的时候，因着陆装置出故障，我被迫弹出跳伞装置——弹射座椅。无论是当时所处的海拔高度，还是弹射座椅降落的速度，都超出了安全范畴——我是在百米高空以时速 500 公里降落的——因而身负重伤，后来无法再开战斗机了，连螺旋式军事运输机——我们战斗机飞行员戏称为“开大巴”——也开不了了。

康复后，比利时国防部把我安排在军情二处（GISS2）[1] 任情报分析员。这是一份待遇优渥且清闲的工作，我一边工作，一边准备去大学深造。我还买了辆英国产的黑色摩托车“诺顿－统治者”，型号 99 双缸引擎，发动机排量 600 cc。如果天气好，我就骑摩托车去大学校园；天气不好，就开大红色的敞篷跑车“奥斯汀－希利小精灵”。比利时空军仍给我支付薪水，所以我很轻松就买下了跑车。我的摩托车和跑车都是老爷车，后来因为要去美国大学工作两年，我就把它们都卖了，卖价居然比我买时的价格还要高。

---

1 军情二处（GISS2）：比利时情报部门，隶属于国防部，全称是总情报和国土安全厅（General Intelligence and Security Service）。

第五节　大学时代

比利时所有大学对本国公民都是免费的，但我被派去学习，本就是我和空军在合同中约定的。在当时的三所大学中，有两所可供我选择：一是成立于 1425 年的古老高校鲁汶大学，一是 1817 年成立的根特大学，它们都使用弗拉芒语。第三所是布鲁塞尔自由大学，“自由”意味着大学是私立的，是非宗教团体资助的。该校使用法语授课，但它不提供我喜欢的课程，我自然把它舍弃了。至于鲁汶大学，它是一所信仰坚定的罗马天主教高校，由比利时大主教经管，我对之退避三舍。所以，我只能入读根特大学。这所大学有两个出色的专业，一是东方学和外交学，一是中世纪手稿及保护，后者尤令我感兴趣。

我热爱高速运动，热爱超音速 2 马赫甚至更高速的飞行。与之形成鲜明对比的，是我对古典学的爱好。我特别喜欢古老的文献，那种古老的气息、厚重的历史感，令我深感欢喜。没法开飞机、开快车的时候，我喜欢上了中世纪的图书馆，它们很古老，犹如寺院般宁静。馆内文献散发出的甜蜜的气息，令我钟爱有加。

图书馆和赛车道，一者静谧，一者喧嚣，可我从来没有感觉到二者有什么不相容之处。每次买跑车，我总挑最强劲的那一款。我也热爱古典音乐，写这些文字时，我的音响里正播放着贝多芬的交响曲。它们是哥伦比亚交响乐团演奏的，指挥是布鲁诺·瓦尔特[1]，我已听过无数遍。这样的交响乐我有好几套，但指挥不是同一人。每当工作的时候，我最想听的就是瓦尔特指挥的！

交响乐团的好坏，取决于指挥。古典音乐不能只看指挥技术，技术有多完美，听起来就有多枯燥！要看有没有火花。上好的指挥家能从乐谱的诠释中，迸发出古典音乐的“火花”来。

瓦尔特原名布鲁诺·施莱辛格，他指挥的最叫响的作品是贝多芬、莫扎特和古斯塔夫·马勒[2]的交响乐，尤以指挥后者的作品见长。至于贝多芬第九交响乐，莫里斯·贝嘉的芭蕾舞团演绎得最为精彩，指挥是祖宾·梅塔，宝贝祖宾！如果有机会，我建议大家看看他的指挥。

我在根特大学念东方学系，主攻古代汉语、梵语、蒙古语和藏语，并钻研几种已经灭绝的文字，如粟特文、回鹘文等。回鹘文经

---

1 布鲁诺·瓦尔特（Bruno Walter，1876—1962）：美国指挥家、钢琴家，原籍德国，20世纪后半叶最有影响力的指挥家之一。因身为犹太人，为躲避纳粹迫害，他弃用了原姓。

2 古斯塔夫·马勒（Gustav Mahler，1860—1911）：奥地利杰出作曲家、指挥家。

历过一次转变，原先以粟特文为基础，后以阿拉伯文为基础。我钻研的正是转变时期的这种文字。

我还去了巴黎索邦大学，专攻中世纪的几种语言，并在吉美博物馆[1]学习古代手稿的保护。另外，我还读了外交课程（不用上一堂堂的课，而是通过参加各个讲座来学习）。之所以学习这门课，也许是因为我想找份工作，一份正儿八经的工作！根特大学当时有一个系，可以在选择主攻专业后，自由选择自己喜欢的课程。不过，话又说回来，令我莞尔的是，我没去做外交工作！

我受过的教育几乎全是在欧洲完成的。攻读博士期间，我的专业非常广，涵盖了欧洲古典学，古希腊语和拉丁语，历史、哲学和语言学，以及数学和物理学。在研究过程中，中国和中亚也令我产生了极大的兴趣。我确立了自己要研究的年代范围：公元500年至1500年。

这个时期大体上与欧洲中世纪晚期、文艺复兴时期相对应；在中国，大体对应的是唐、宋、辽、金、元时期；在中亚，这个时期也涵盖了蒙古帝国时期。研究期间，一些已经灭绝的文字引起了我的兴趣，如神秘的西夏文等。东西方的贸易路线——丝绸之路，则把我引到了帕提亚语、波斯语、粟特语、古代回鹘语和古代藏语

1 吉美博物馆：1889年建馆，位于巴黎第16区。馆藏多国宗教艺术品、考古书籍、多种语言手稿等，其中有2万多件中国艺术品。

的研究上。

年轻时候的我，接受了佛家禅宗的理念，作为自己道义上的指南针。因我生为犹太人，我也遵从犹太人的传统。在成长过程中，我身边布满了罗马天主教的元素。我把这三种宗教融合到自己的生活中，但以禅宗为主导。我喜爱的《六祖坛经》，就是禅宗的主要经典之一，我用的版本是敦煌发掘出来的手抄本。研究《楞伽经》时，我用的也是8世纪的敦煌版本。

1968年夏季的后半期，我搬到美国居住，成了大学的一名教职人员。在美国七年后，我被芝加哥大学聘为教授，兼任远东图书馆的馆长。至于“远东”这个词，我一直认为它指的方位不明确，代表不了任何一个方位。从芝加哥往西飞，可以飞到北京，从伦敦往东飞，也能飞到北京，而里程几乎是相等的。

第二章

走上中国研究之路

第一节　我的中国缘

十六岁那年，我就离家独自生活了——这个年龄确实有点早——离开家后，我非常自由，可以做些自己喜欢的事情。除了学习、阅读和写作，我最喜欢的就是在欧洲游玩。

学校离我住的地方非常近，步行就能过去了。一放学，我就去一家波希米亚人聚集的咖啡馆——德威克姆。它坐落在一条小巷子里，距宏伟壮观的大广场只有一百米左右。那条巷子与大广场的一条边成九十度角，非常窄，仅够一匹马穿行。一到午夜时分，我就离开德威克姆，走到蓝调去。蓝调是一家爵士乐俱乐部，凌晨三四点才打烊，我就逗留到那时才离开。

当时，我租住的是一间公寓，出门只要步行十到十五分钟，基本就能解决日常所需了。公寓周边非常安全，离布鲁塞尔警察总局很近，只隔了两幢楼。总之，无论过去还是现在，布鲁塞尔都是一个非常安全的城市。

现如今，在大西洋的另一岸，人们对欧洲恐怖分子的态度已经快到歇斯底里的地步了，但起码，欧洲没有人端起长枪射杀无辜的儿童，警察也不会随便找个借口就朝着有色人种开枪！我过去在军队里服役，曾亲眼看到子弹射进人身体后的惨状！一旦目睹过那一幕，你永远都忘不掉！在欧洲，没有出售枪支的商店，你买不到枪，什么类型的枪都买不到。

我独自生活那阵子，美国掀起了一场新文学运动。运动的中心在纽约和旧金山，再具体点，就是纽约时代广场、位于曼哈顿的哥伦比亚大学，以及旧金山的“城市之光”书店。那是20世纪五六十年代，美国文坛死气沉沉，写作风格过于墨守成规，令人感到单调乏味。“垮掉的一代”脱颖而出，形成了一股新的文学风气。他们的作品对美国作家的写作风格影响很大，比塞林格的《麦田里的守望者》[1]更具影响力。

这场文学运动以杰克·凯鲁亚克的两本小说为开端，即《在路上》和《达摩流浪者》。不久之后，艾伦·金斯堡的长诗《嚎叫》问世，进一步推涨了运动的风潮。一时间，在美国的各大城市，爵士乐俱乐部纷纷涌现，声誉日隆。这些作家出入其间，难以计数的追随者亦纷至沓来。

1 《麦田里的守望者》和下文提到的《在路上》《嚎叫》，皆由作者和他太太的大苹果事业有限公司引进到中国，并授权给中国的出版社。

“二战”后，凯鲁亚克带火了一个词儿：“披头族”（beatnik）。它是从“beat”（节拍）衍生出来的。众人把“节拍”叫成了“垮掉”，凯鲁亚克说，这不是他的本意。在他眼中，“垮掉的一代”是那些“虽然潦倒，却仍能坚持自己信仰的人士”。

美国这场文学运动也席卷了大西洋的另一岸，受到了欧洲的追捧。原因在于，它和当时法国的“存在主义”融在了一起。美国披头族喜欢做的那些事情，我们欧洲人早在20世纪20年代就已经开始了，即法语所说的“La Bohème”（波希米亚人）。美国的文学运动也扫到了德威克姆。正是在这家咖啡馆，我品读了凯鲁亚克的两本小说。后来，随着时间推移，我涉猎了他的全部作品。

以上这些是那个时代文学产出的一个缩影。我迷恋的作家有加缪，也有凯鲁亚克。我把对他们的迷恋糅合到了一起，总结出自己的一条人生格言：生活是荒谬的，但它就是你所拥有的全部！

中学时候，我总穿着蓝色牛仔裤。在学校里，我是唯一一个身着牛仔裤的学生。这在当时是多么惊世骇俗！我母亲是知名时尚主编，所以无人对我的装束评头论足！她说过，男孩子穿短裤显得很可笑。

上述凯鲁亚克的两本书，对我影响都很大，其中《达摩流浪者》对我影响最大，是它把我引上了智识之路。书中有多处关于寻求觉悟的描写，用凯鲁亚克的词儿来说，叫“Satori”（开悟）；还引用了很多梵语佛经的名字。

当时，我还在阅读铃木大拙的《日本禅宗史》，一共四卷。日本禅宗是从中国禅宗演变过去的。我想看看那些佛经，便去布鲁塞尔的大学图书馆、皇家图书馆寻找。我是用梵语的佛经名字进行检索的，但收获不大，只找到了几个译本。我读了读，感觉译文很不合乎语言规范，更像是译者的肆意发挥。

因此，我决定学习梵语和汉语文言文。原始佛经用的文字是梵语，中国大乘佛教用的是文言文，小乘佛教用的是巴利文。至于佛教，当然，我对它关于心灵的开示有着一定的兴趣，但我更感兴趣的，是它在印度之外的传播，特别是在中亚和中国的传播。

后来，我读到了色诺芬的《远征记》，以及斯坦因的探险作品。它们和凯鲁亚克、铃木大拙的作品一样，也让我对中亚和中国产生了浓厚的兴趣。我一心想钻研中亚和中国的历史、语言，对它们前现代的所有事物都产生了极大的兴趣。

为什么我只对前现代感兴趣呢？因为我喜欢那些已经驾崩的皇帝、国王和王后。我能唠他们的嗑儿，他们唠不了我！

初到根特大学念书时，我注册的课程是中国古典学和日本古典学。日本古典学是我的必修课，不注册不行，但课程就三个月，一读完，我就把它撂下了，转而学习梵语和佛学。这一步很关键，为我以后的研究打开了一扇大门，即研究中国的历史和语言，以及大西北的边疆地区。

之所以研究边疆地区，是因为印度很多佛教人士是从边疆地区来到中原内地的。他们先从贵霜王国进入喀什噶尔、于阗（和田），再穿过塔克拉玛干大沙漠、戈壁滩，到达吐鲁番和敦煌，然后一路东行至中原内地。也有一些人是经海路而来的，如久负盛名的禅宗开山祖师菩提达摩。他的家族原籍在巴克特里亚王国[1]，后来举家迁至泰米尔纳德邦。但大多数佛教弘法人员是经由陆路到达中国的。

这些佛教传教士——因缺乏更贴切的一个词，故而称之传教士——讲的是梵语，而中国人是不说这种语言的。双方到底是如何进行交流的？我们不知道。

佛学作为一种思想体系，在北魏时期成了一门显学。唐朝时期，它演变成了汉传佛教。北魏是中国边疆的一个部落创建起来的，该部落在汉语中叫作“拓跋部”。在古突厥语中，拓跋部的对音是“桃花石”。

至于西夏，我是在阅读唐宋编年史的时候，头一回发现的。

1 巴克特里亚王国（Bactria，约前256—前145）：西域古国，位于今阿富汗北部及阿姆河北岸一带，都城位于巴克特拉（今阿富汗巴尔赫）。我国古书上称之为“大夏”。

多年以后，我才知道西夏也有自己的文字，但当时没有人认识西夏文。于是，我就想着自己去解决这个问题。西夏文字形结构与汉字略有相似之处，和我见过的其他文字都不像。

以上这些，是我和中国结缘的缘起。中国是一个有着五千多年古老文化的国度，但在 20 世纪 50 年代，我们欧洲人对它几乎一无所知。当时，欧洲虽然也有一些关于中国的作品，但净是学术界的专著。

所以，我打算亲自去研究，便一头扎进中国的历史，确立了最终要研究的阶段：公元 500 年至 1500 年。大体上，这个阶段的欧洲，正由中世纪向文艺复兴时期过渡。若说我为什么选择了这个阶段，是因为在这个阶段，与中国接壤的国家多是信奉佛教的国家。佛教经陆路传到中原内地，都要经过现在的新疆，如于阗等地，也要经过河西走廊，即西方语言中所说的“甘肃走廊”。

魏查理[1]院士是我的大学好友，他是位蜚声中外的大学者，长于研究佛经。他每次来上海，我俩就喝几杯，好几次都喝多了。或者说，喝到了拉丁语所说的“酒中藏真理”（In Vino Veritas）的地步。几年前，我俩又喝多了，趁机共同提出了一个课题：印度草药和中药的相似之处。印度有一个古老的治疗体系，名叫“阿

1 魏查理（Charles Willemen，1941— ）：比利时皇家科学院院士，著名汉学家，作者在根特大学时的校友。

育吠陀”，它的医学典籍是用梵文写就的，里面提到了很多印度草药。它们和中国古代医典提到的中草药非常相似。我俩对这些相似之处都很感兴趣，但我们只是停留在假设阶段，不打算深入下去。

其实，这个课题非常具有尝试性。我把它写出来，旨在引掖后学，希望后来人能超越我们。也许有人会对这个课题感兴趣，但我俩也不会因此就激动得屏住呼吸。那太危险了！

后来，魏查理再次来到上海。在我家中，我俩又喝高了。想到这个未竟的课题，我们总结道：这个课题来得太晚了，不契合我们的档期。再者，我俩也没找到新的研究思路。

最后一次和我讨论这个课题的时候，魏查理的身体状况不太好。疫情期间，我非常担心他的安危。他在泰国佛教大学担任名誉校长，我往那儿打电话，结果打不通。他的手机关机了，发邮件他也不回。直觉告诉我，八成是他已经离开这个世界了。后来才得知，他回到了祖国比利时，正在家里写佛教方面的论文呢。这消息真令我喜出望外。

第二节　两次访华

第一次访华之前，我已经发表了多篇学术文章，并出版了两本书。第一本《游牧帝国：公元 500—1500 年中亚史》（下文简称《游牧帝国》），于 1979 年由宾夕法尼亚大学出版社出版。在美国，这是一本历史类畅销书。

过去，这本书很难翻译，译者既需要懂汉语文言文，也要懂中世纪的波斯语、阿拉伯语、拉丁语，以及中亚已经灭绝的几种语言（眼下很少有人研究这些语言了）。多亏有了互联网，一些难译的人名、地名能在网上找到了，但书的内容还是难以查验。

《游牧帝国》译成了韩语，可我不通晓这门语言，无法评估译本的质量，只是怀疑译得不大好。我曾受邀到首尔，做了系列专场讲座，基于被问到的问题，我的怀疑得到了证实。但既已译之、出版之，不妨安之。日本一家出版社也购买过此书的版权，但苦译不出，只得作罢…… 我感到一丝难过，但好在不用退预付金了。《游牧帝国》跟政治无关，它讲的只是历史。

第二本是《番汉合时掌中珠：十二世纪西夏文—中文双语词典》（出版于 1982 年，下文简称《掌中珠》）。这是一本太专业化的学术书籍，研究西夏文的学者大都知道它，并参考过。他们认为，此书的问世，使得湮灭近八百年的《番汉合时掌中珠》重见天日，且引发了研究西夏文的风潮。

多年来，我不知道它在中国的影响。2018 年春天，我才从一位熟识的朋友口中得知此事。她还告诉我，中国学者把我的名字译成了几个不同的中文名：陆宽田、鲁光东、卢宽登等。其实，我有个法定的中文名字，叫吕光东。

1982 年，我已经在芝加哥大学工作了。有一天，在远东图书馆的邮箱里，我发现有一封从中国寄来的邀请函，邀我参加中国一个古典学方面的会议。会议将在北京大学召开，与会人员每人一个单间，就在某座研究生宿舍楼里。当然，我欣然接受了邀请。这是我第一次来中国。材料准备齐全后，我先从芝加哥飞到东京，再转飞到北京。

与会的外国代表一共有十四名，大都是苏联和东德学者。我是比利时人，却成了唯一的美国代表。奇怪的是，中方人员和我们几乎没有任何互动。我们理解他们的心态，他们没有敌意，只是不知道如何与我们打交道。毕竟，这样的会议是中国第一次主持召开的，而我们这些外国学者都是欣赏中国语言和文化的。

一到晚上，我们老外就聚在一起，一边聊天，一边品尝苏联学者带来的伏特加。最后一天晚上，三位年长的中国学者也过来了，大家的话题就转移到了苏联人身上。中国学者不吝感谢之辞，感谢我们接受了邀请，尤其感谢我出席了这次会议，因为我是美国大学（芝加哥大学）的唯一代表。大家开怀畅饮，喝得说话都有点云遮雾罩了，但我们都不会忘记对方。然而，遗憾的是，后来因为国际形势变化，我们失去了联系。

1984 年，中国再次邀请我参加 8 月中旬的会议，仍是中国古典学方面的会议，地点仍在北大。我的签证记录没保存下来，会议期间拍的照片（包括邀请函）和底片都没有了。1999 年 9 月 21 日，中国台北发生了一场 7.6 级的大地震。当时，我和太太的办公室在日月潭附近，里面的尼康相机、文件和照片等全都被震毁了。那时候还没有数码相机呢。

一收到邀请函，我立即回了封信并寄了出去，主办方给我回寄了签证用的材料。我很想借机去趟银川，看一看西夏王陵，便特意写了封信，问能否帮我安排一下，但中方没有回复。到了北京，我又问起这件事。他们说，不方便单独为我安排，建议我只身前往。

我感到有些失望，但没有多问。我不知道如何往返北京和银川，也不知道如何安排食宿，可我感觉将来一定会如愿的。2016年，我终于去了朝思暮想的西夏王陵。2018年8月，我再次拜访了这个地方。在中亚史领域，我研究过、写过不少地区，有些还没去过，将来我想去走一走，看一看。

中国给了我三个月的往返签证，停留地是北京，并且规定我只能待在北京。我提前订了张往返机票：先从芝加哥飞东京，在成田机场住一宿，再往北京飞；停留十天后，乘中国民航飞香港，并在那儿停留一周。动身之前，各项准备工作都很顺利。

我要从芝加哥奥黑尔国际机场起飞，乘坐美国西北航空公司的飞机。一到机场，我发现告示牌上写着：起飞时间晚点两个小时。事实上，两小时变成了四小时，四小时变成了九小时，待到起飞那一刻，十个多小时过去了。我不能回家里等（往返一趟得两小时），只能在机场里无聊地干候着。

这趟班机是一架波音747，这是我第一次乘坐这种飞机。乘客很满，但经济舱的座位宽敞舒适，不像现在，乘客挤得像沙丁鱼罐头里的沙丁鱼。服务体贴又周到，供应两顿热餐，还有零食和饮料，且都是免费的。当时，美国航班是世界上最好的航班，但现在，美国的经济舱太差了，该被命名为“带栏的运牛车厢”！有人竟然给美国航空公司提了个建议：让乘客付费使用飞机上的卫生间！我早就不坐美国航班了，这意味着若从美国来中国，我得在首尔或东京转机。在中国定居后，我就更不坐美国航班了。

我原本希望能在高空中俯瞰到日本的风光，但厚厚的云层让我的希望破碎了。在成田机场降落后，飞北京的乘客约有三十名，被要求留在飞机上，空乘人员把我们北京联系人的电话记下来，以备接机之用。这趟航班延误了，这是航空公司方面的责任，所以他们安排车辆，把我们送到了酒店。

这一路用了大概二十分钟，路两边的景致令我愉悦、兴致高涨。只见现代建筑和传统建筑错落有致，相辅相成；一行行树木翠如碧玉，枝干挺秀；灌木丛郁郁葱葱，修剪得一丝不苟。我要在绿色乡间酒店过一宿了，那儿没有混凝土浇筑的丛林！

至于成田机场，留给我的印象可不大好，我给它下了个魔鬼定义：成田机场是一个五岁小孩子设计的机场，这小孩儿火气大，动不动就对他老爸发通火。

日本这家乡村酒店，从设计来看，很实用，里面空气清新，一尘不染。房间比较狭小（我第一次住这么小的房间），但不给人一种压抑之感。晚餐是日式刺身，造型非常漂亮，还有清凉的清酒。晚餐一过，我就上床休息了，因为次日早上 9 点就要起飞，中午才会在北京降落。

在当时的飞机上，没有实时跟踪地图，我不知道沿途飞经了哪些地方。飞离东京那当口，我只看到大海远处有一大片褐色的山。在北京机场降落前，乘务员拿来了入境和清关表格，分发给乘客们填写。这是我第二次飞北京，比较清楚这个流程了。

其实，中国比苏联的出入境管理更宽松，而苏联与东德比，还算宽松的呢。同上次一样，一宣布要着陆，乘务员就把报纸全收走了。有些乘客可能是第一次来中国，想把报纸留下，但乘务员礼貌而又坚定地拒绝了。

降落和滑行很顺利，进入到达大厅，我发现墙壁粉刷得很新，大厅里灯盏齐明，海关的灯也很明亮。行李取得很快，走出海关，我看到接我的人已经到了。他举着个牌子，上面写着我的中、英文名字。这个中文名没写错！

我们相互做了介绍后，我便跳上了他开的那辆脏兮兮的绿色伏尔加轿车，一路朝着北大驶去。车里没空调！太热了，暑气熏蒸，热得我遍体生津。实际上，苏联小轿车还是挺不错的。住在苏联的时候，不管天气多么炎热、多么寒冷，小轿车总能一打火就着！

从机场到北大，我们走的仍是两年前的那条老路。但这回路上繁忙多了，路两边也漂亮多了，看不到一堆堆垃圾了。两边的小村庄焕然一新，院墙规整了，墙壁也刷新了。路边植被层层叠叠，像是一座座小型植物园。

“大跃进”时期，因土法炼钢，大量林木遭到砍伐。20世纪

70 年代，也因乱砍滥伐，森林资源遭到了极大的破坏。为弥补林木损失，1981 年，邓小平倡导全民义务植树运动，看来这项运动已经初见成效了。

交通也比以前顺畅了，很多路口都装了红绿灯，在大的十字路口，还有执勤的交警。我在车上默默思忖着：只用了两年时间，这条路和周边就发生了这么大的变化，若用上十年光景，变化不知多大呢！至于北京当今的面貌，大家有目共睹，可我却怎么有点想念老北京，想念二环路上、东长安街上的毛驴车呢？

这次我是从北大西门进去的。这座大门古色古香，一下子就把我迷住了。大门里面立着一尊白色的毛主席雕像。等我安排好住宿，午餐时间已经过了。接我的人把我带到一个餐厅，与会的老外约二十名，都被安排到这里就餐。同上次一样，我仍是美国大学的唯一代表，其余的来自苏联、东欧和东德。东德一共来了四名，他们是洪堡大学的代表，我在东柏林的时候就认识他们了。

第一次来北京的时候，我没带咖啡，这次我携了一大罐速溶咖啡。比起没有咖啡喝，速溶的好歹也差强人意。见我把咖啡罐放到了餐桌上，众人兴奋地鼓起了掌，纷纷找开水和杯子。

那种杯子太特殊了，恐怕大伙都忘不了：不是专门的咖啡杯，而是搪瓷缸子！大家一看都乐了，七嘴八舌，欢快地聊个不停，直到下午要开会了才作罢。当天晚上，我们在娱乐室消遣。那里既有咖啡，也有啤酒和伏特加。酒水是好客的苏联学者准备的。

会议一共进行了三天。因来时的飞机晚点，我只赶上了两场会议。原本在第一天下午我要做场报告，因时间已过，我便把打印好的报告交给了主办方。会议上的所有报告原本都是要出版的，后来却不了了之。第三天下午，主办方先把我们拉到人民大会堂，在某个会议厅举行了一个小型闭幕式，然后把我们老外带到天安门广场南面，在一家誉满京城的餐馆吃了顿烤鸭。

离京前的最后一天，主办方安排我们去八达岭游玩。观光大巴拉着我们，朝着群山环绕的京北方向驶去。当天天气甚佳，没有一点雾霾，所以一出城——当时的建筑不像现在这般密集——远处的山体就映入了眼帘。山很高大，连绵不绝，远比天安门广场给我的第一印象更为壮观。盘山公路坡陡弯急，起伏不平，车子只能慢慢往前挪。我们这些老外都没出过北京城呢，这下刚好可以饱览京外风光了。京外风景秀丽，生活节奏缓慢，让人感觉时光仿佛在倒流。

作为研究中国古典学的学者，我们都了解长城的历史，所以一看到实景，个个都来了精神。长城的照片大家也都看过，但它们怎能展现出层峦叠嶂上长城依势而起的风貌？两小时后，我们到了居庸关的云台，停下来参观。云台是元朝时期的佛教建筑

（始建于1342年，1345年落成），原来共有三座，但上面两座早就毁坏了，我们看到的只是云台的基座。

在云台券洞的墙壁上，刻着六种文字的经文：梵文、藏文、回鹘文、巴利文、中文和西夏文。我们难掩兴奋之情，尤其是我。我研究过用古老的兰札体[1]拼写的梵文，也研究过藏文、回鹘文，发掘了西夏文字典，且收集过用八思巴字写就的文献。这种文献留存下来的非常少。

八思巴字，顾名思义，创制者是藏传佛教领袖八思巴。忽必烈大汗为统一蒙古帝国的文字，令他创制出一种拼音文字，来标示汉语、蒙古语和回鹘语的发音。官方用它发布告示、填写官员佩戴的徽章等，但由于不实用，很快就被舍弃了。其实，八思巴字非常美，我拍过一些照片，但也在地震中被毁了。

现如今，一马平川的京藏高速公路直通居庸关云台，但以前的盘山公路自有其魅力，若让我再走一遍，我也不会感到厌烦的。

中午，我们在云台吃了份盒饭。一小时后，朝着八达岭方向开去。山路十分陡峭，大巴不停拐弯。路边不时冒出一段砌过的发白的石头，估计是长城的残余部分，这让我们兴高采烈，七嘴八舌地谈论起了长城。有些关于长城的问题我们不明白，便问导游，可导游也说不出个所以然。

1 兰札体：一种元音附标字母书写系统，是11世纪从婆罗米字母派生出来的。

大巴向右转了个弯，路过一个停车场，只见里面停着几辆中巴、几辆绿色的伏尔加。大巴继续前行，再次右转弯，明长城最为知名的一段——八达岭，就在我们眼前了。左边是售票处和餐馆，右边就是巍峨的长城。

一脚迈进八达岭的入口，我们登时陷入了沉默，出神地打量着。只见长城如巨龙飞舞，莽莽苍苍，翻山越岭；烽火台高高矗立，一座连着一座，大有气吞山河之势。在我内心深处，一种敬畏感油然而生。古时候茅茨土阶，没有现代化的设施与设备，人们缺衣少食，眠霜卧雪。在如此艰难困苦的条件下，民众是付出了怎样艰辛的劳动，才把巍峨的长城修起来的？！

太阳落山前，我们回到了北大宿舍。我和太太在北京居住的时候，只要带朋友游览八达岭，我们就专挑后半晌去。夜幕一降临，长城就亮起了灯光秀，各色霓虹灯一路铺陈，蜿蜒而上。灯光暗下来那一刻，漫天星光沿途散播，别提多美了！

后来，我还游览了箭扣长城，这是明长城最为险峻的一段。攀跻之难，殆过蜀道，但工匠们愣是克服万难，完成了修缮工作。恐怕再过两千年，这段长城仍是完好的！

第二次访华期间，中国学者和我们的互动明显增多了，气氛更融洽了，彼此也更理解对方的立场了。有天晚上，我和苏联、东德学者一起聊天，聊起了中国近现代史，从鸦片战争、太平天国起义，聊到抗日战争、国共内战，再到新中国成立。

此时，饱受内忧外患的中国人，终于告别了两百多年的战乱之苦、饥荒之苦，掀开了新生活的篇章。我们乐见中国朝着好的方向发展，但在当时，我们怎么也没有料到，这个国家能在四十年内取得这么大的成就。现在安稳的好日子，前几代中国人一天也没有享受过！

我和两位苏联学者想去天安门广场看一看，一位中国学者帮我们租了自行车。一大早我们就骑过去了，刚好赶上升旗仪式。这个仪式很受欢迎，现场的人们脸上洋溢着骄傲。

仪式过后，我们继续往前骑，前面突然出现了黑压压一大片人，骑着自行车拥过来。早高峰期！几百辆自行车排列有序，飕飕一阵风似的穿了过去。人们穿着同样的衣服，发型也大同小异。我们三个停在路边，猜他们是男的还是女的。

次日一早，我们就要离开北京了。凌晨 4 点我就得赶航班，所以夜里只睡了一小会。这次乘坐的是中国航空公司飞香港的航班，早上 7 点起飞，一共飞了三个多小时。每个乘客领到一个冰淇淋，但除了热茶，没有其他饮料。哦，这让人感觉寡气了点，座位倒是很舒适。

第二次访华结束了，我期待日后能再次访问中国，却不知何时能够成行。然而，命运自有安排。仅仅五年后，我就回来了。

第三节 在路上的自由

在我身上，一定有着游牧民族的基因。之所以这么说，是因为十四岁那一年，我就独自一人搭便车去了巴黎，在那儿度过了圣诞节和新年。乍到那个大城市时，我几乎身无分文。

那年头，大规模的旅游业还没有发展起来。一到假期，同学大都待在家里，尽可能不让自己无所事事。可我不想在家，我想用凯鲁亚克的方式，去法国南方的卡玛格度假。卡玛格现在以白马和斗牛闻名四方，但那时的卡玛格还荒凉着呢。

到中学毕业的时候，我几乎游遍了欧洲社会主义阵营以外的所有国家，除了英国，因为横渡加来海峡——多佛尔海峡，但比利时人只用法语称之为加来海峡——的渡轮票价太高，最便宜的我也买不起。

我游西欧不是自己开车去的，而是搭便车。你可不要这么做！现在搭便车已不安全了。在风城芝加哥居住的时候，我想看看搭便车走66号老公路到洛杉矶得用多长时间，于是就试了一回，结果这一趟耗费了五十一个小时。

在美国担任学者期间，我很少坐飞机，而是喜欢自己开车，沿着“蓝色公路”行驶。这个名字借自一个书名，即美国游记作家威廉·李斯特·海特-穆恩（William Least Heat-Moon）的《蓝色公路：入美之旅》（*Blue Highways: A Journey into America*）。海特-穆恩有着一部分奥萨奇部落的血统。这个部落所在的俄克拉何马州，地下埋藏着丰富的石油。通过开采石油，当地土著日渐富有。就在阔起来的时候，他们却一个又一个地死掉了，死得非常蹊跷。

海特-穆恩开车去过美国很多地方。20世纪70年代，我把他去过的地方也跑了一个遍，只是比他晚了十几年。那些地方十几年几无变化！海特-穆恩途经南部诸州的时候，因为汽车牌照，一路饱受骚扰。他的车牌是密苏里州的，所以他就被当成了一名北方佬，令人痛恨的扬基佬。我的车牌是南卡罗来纳州的，所以人们以为我是南方佬！难道汽车牌照有隐藏的含义吗？种族歧视也会波及汽车吗？

最近三十多年来，每年春天我都去伦敦，每年秋季也会重返这座城市。我和太太喜欢伦敦，也喜欢从那里开车出去游玩。有次，我们开到苏格兰的斯凯岛[1]，然后掉转车头，去了埃克塞特和

1 斯凯岛（Isle of Skye）：也叫“天空岛”，苏格兰西部赫布里底群岛中的一个岛屿。

达特穆尔高原。在英国还没开始辩论要不要脱欧的时候，我和太太一度想到这个高原附近定居，但最后发现，我们还是更喜欢在中国的生活。

第四节　古之丝绸之路，今之“一带一路”

（一）丝绸之路

在古罗马时代，印度西海岸非常出名，南部的泰米尔纳德邦也广为人知。当时，这个邦地域辽阔，涵盖了当今斯里兰卡的领土。汉朝与印度次大陆及邻近诸岛贸易往来频繁，形成了一个陆上贸易通道，即著名的丝绸之路。它的英文名 the Silk Road 非常恰如其分，因为在这条通道上，跋履山川，逾越险阻，运送到罗马的主要商品就是丝绸和珍珠，而罗马交付的是黄金。汉朝出口的丝绸，质地非常好，因而比粗糙的印度丝绸昂贵得多。

为保护丝绸之路上的贸易，西汉于公元前 112 年劳师远征。据史料记载，这场仗是在大宛[1]打的。大宛地处费尔干纳盆地，

1　大宛：古西域国名。自张骞通西域后，与汉朝往来逐渐频繁，在当时东西方交通中占有重要地理位置。

即今天乌兹别克斯坦的东部。唐朝没有打到更西的地方;西夏帝国建立后,控制了丝绸之路近两百年。

蒙古帝国在征服和统治过程中,更是彻底控制了丝绸之路。西到俄罗斯、欧洲,东到北京,沿线贸易皆被他们牢牢掌控着。为打击劫掠行为,他们建立了军事哨所,还仿照波斯的商旅大客栈,建起了规模庞大的驿站体系,以便过路人马休息,补给路途所需。

另外,他们还建了一套邮政系统。通过哨所和驿站,完成信息的传递。成吉思汗之孙旭烈兀伊尔汗驻扎在巴格达,若他有书信要递送给他的哥哥忽必烈大汗,那么通过这个系统,八天之后,书信就会递送到忽必烈的都城(今北京)。

这八天会累死多少匹马?我们无从得知。蒙古帝国的骏马太多了,数不胜数,可能正因如此,才没有必要保留这方面的记录。蒙古帝国的统治给欧亚大陆带来贸易繁荣的阶段。

至于中国从西方贸易而来的方物,现存的证据不多。中国西部边疆地处荒漠,而西印度和泰米尔纳德邦就不同了,在这方面留下的证据甚丰。古罗马帝国灭亡、东汉衰落之后,古罗马和中国是否还在进行贸易?现存的拉丁语资料没有提,但很可能仍在继续。

古罗马与印度、泰米尔纳德邦的贸易,是从塞琉古王国时期开始的。塞琉古王国成立于公元前312年,公元前64年被古罗马所灭。安息王国和贵霜王国的贸易也值得进一步研究，但自19世纪以来，这两个王国所处的地区政治局势不稳，社会动荡不安，人们难以展开研究。

所谓的英俄等大国势力，企图控制阿富汗赫拉特省、中国西部（尤其是喀什噶尔），以及中亚的几个独立汗国。1856年至1869年，它们频繁插手这些地区，很多已经公开的资料就能证明这一点，但迄今为止，还没有哪位历史学家从专业角度出发，对这些资料展开研究。

有些学术团体，受一时之利所驱，研究和利用了这些资料，但它们的研究不是基于学者的严谨，而是建立在道听途说上。因此，它们的研究结果也多是错误的。有些学术团体在美国的资助下，重提一些老概念，如“泛突厥主义”，这个概念后来也消亡了。

蒙古帝国拓疆到欧洲，从西面的斯普利特市[1]、亚得里亚海岸的杜布罗夫尼克市[2]、意大利的安科纳港[3]，到东面的波斯帝国、中国，再到韩国，皆被蒙古人收入囊中。蒙古帝国是第一个横跨欧亚大陆的帝国，它的疆域不仅覆盖了整个中亚，也覆盖了当今西伯利亚的一些地区。

---

1 斯普利特市（Split）：克罗地亚第二大城市，位于亚得里亚海东岸。
2 杜布罗夫尼克市（Dubrovnik）：克罗地亚东南部港口城市。
3 安科纳港（Ancona）：意大利东海岸的中部港口城市，位于亚得里亚海西北岸。

成吉思汗出生在斡难河（今蒙古国鄂嫩河）上游地区，它流经俄罗斯的针叶林地带，但斡难河属于黑龙江水系。成吉思汗究竟葬在哪里？根据蒙古人的习俗来判断，他可能就葬在斡难河上游地区。

蒙古帝国的都城在哈拉和林，这是一座农耕城市，其遗迹在现今的蒙古国境内。在成吉思汗的命令下，以游牧为生的蒙古民族，终在哈拉和林得以定居。在这座城市的遗址上，有一座藏传佛教的小寺庙仍在运营着。寺庙旁边是一小片住房。这个遗址接待游客，但游人稀少，寥若晨星。

有位学者最终发现：马可·波罗没有到过比哈拉和林更北的地方。《马可·波罗游记》提到他得去趟元朝首都大都（即现北京），然后就没下文了。《元史》提到不少外国人名，比如意大利人的，但没提马可·波罗的名字。

一些欧洲学者无视研究成果，无视考古证据，仍怀疑丝绸之路的真实性。中国提出“一带一路”倡议的时候，一定大量参考了中世纪时期的“丝绸之路”，清楚地知道后者的内涵。丝绸之路上的费尔干纳盆地，自古以来就是个群雄逐鹿之地，特别是乌兹别克斯坦东部一带，曾得到过中国的两次军事援助：一次是在汉朝，一次是在唐朝。

西方有些所谓的专家认为，汉代长城不可能延伸到大西北的荒漠。对不住了，这些专家！2018年，我坐车两个小时，到了汉长城的关隘——甘肃玉门关，沿着那儿的长城遗址走了走。那些专家真该离开象牙塔，到戈壁滩看一看！

丝绸之路的英文名，产生于19世纪浪漫主义时期，是费迪南·冯·李希霍芬[1]赋予的。1868年至1872年，李希霍芬先后七次率探险队，到中国各地考察。有些学者之所以怀疑丝绸之路的真实性，是因为他们认为：除了马可·波罗等几位著名的旅行家之外，没有哪个西方人会从欧洲一直走到太平洋。很明显，这些学者没去过敦煌，没见到莫高窟。莫高窟有那么多壁画，画的都是身穿民族服装的外国旅行者！

实际上，以前有很多欧洲人来过中国，因为在当时的世界上，最为繁忙的贸易通道就是丝绸之路。那些怀疑论者却认为，以前欧洲和中国哪有什么贸易呀！西方人跑那么远的路，跋山又涉水，能来中国买些什么？卖些什么？他们觉得：如果你们认为古代就有丝绸之路，那是因为你们是好古之人，越古越好。然而，“丝绸之路”只是19世纪至20世纪的欧洲才有的一个概念。

欧亚大陆的贸易模式与中世纪欧洲的贸易模式是类似的。在中世纪，我的家乡弗兰德以挂毯享誉天下，欧洲宫殿、城堡的墙

1 费迪南·冯·李希霍芬（Ferdinand von Richthofen，1833—1905）：德国地理学家、地质学家和旅行家。

壁上挂满了弗兰德毯子。现在，很多宫殿、城堡和教堂仍用弗兰德挂毯做装饰。佛罗伦萨美第奇宫从布鲁日定制了满墙挂毯，为了运送过去，人们花了三年多时间！

那些怀疑论者，比如布鲁诺·玛萨艾斯[1]，劝大家不要对丝绸之路信以为真。在《欧亚大陆的黎明：探寻新世界秩序》中，他是这样说的：有些人梦想着能有一个完整的欧亚大陆，所以才臆想出了丝绸之路。

玛萨艾斯是葡萄牙的前国事顾问，负责的是欧洲事务。我原谅他抱有这种观点，因为葡萄牙虽在海上建立过霸权，并把巴西变成了殖民地，但葡萄牙从来不是一个陆地上的帝国。而世界意义上的大航海时代，是从 16 世纪才开启的。

其实，《马可·波罗游记》和《伊本·白图泰[2]游记》都能证明丝绸之路的真实性。另外，雅各·德安科纳[3]的《光明之城》也能证明，大卫·塞尔伯恩[4]把它译成了英文。《光明之城》记录了 1270 年雅各·德安科纳在泉州的游历；后来，他延长了在泉州的

1 布鲁诺·玛萨艾斯（Bruno Maçães）：葡萄牙前外交欧洲事务部部长。著有《欧亚大陆的黎明：探寻新世界秩序》，英文书名为 *The Dawn of Eurasia: On the Trail of the New World Order*。

2 伊本·白图泰（Ibn Battutah，1304—约 1377）：摩洛哥学者、大旅行家。

3 雅各·德安科纳（Jacob d'Ancona）：意大利犹太商人。著有《光明之城》，英文译名为 *The City of Light*。

4 大卫·塞尔伯恩（David Selbourne，1937—　）：英国政治哲学家、社会评论家。

期限，其间的生活经历也写在了这本书里。

史景迁[1]在中国有不小的名气，针对该书的英文版，他撰写了一份书评。在书评中，他写道：《光明之城》的英文版，是我和塞尔伯恩一起翻译的。我真希望他说得对，那我就能分点稿费了。史景迁还认为，《光明之城》的记载不可信，内容可能是杜撰出来的。

为了分析真实与否，我仔细查看了书里的内容，看有没有提到占领大半个中国的蒙古人。我发现，作者的确提到了：蒙古人在围攻杭州，这给泉州带来了极大的恐慌。当时的罗马教皇不可能知道这事，作者提前离开泉州，也是因为这场战事。不少资料提到了德安科纳，罗马方面和拉丁文资料却是例外。

《马可·波罗游记》的原名是《对世界的描绘》。有些西方学者利用这本书，否定丝绸之路的真实性。如沃里克·鲍尔（Warwick Ball）教授就在他的作品《东方的罗马：一个帝国的变迁》（*Rome in the East: Transformation of an Empire*）中说：在《对世界的描绘》中，马可·波罗没有提过"丝绸之路"这个名称。

鲍尔教授也许不知道马可·波罗的生卒年份（约1254—1324）是被估算出来的，但作为一名学者，他不可能不知道"丝绸

1 即乔纳森·斯宾塞（Jonathan D. Spence，1936—2021），美国历史学家、中国史研究专家。

之路”的英文名是在1877年才出现的，提出者不是马可·波罗，而是费迪南·冯·李希霍芬！

鲍尔教授做起学问来过于草率了，草率得令人难以接受。他甚至鲁莽地提出，当时的贸易是从罗马开始的。汉朝的人们怎会需要从罗马买丝绸呢？哎呀！罗马也不出丝绸呀！

马可·波罗的游记并非他本人所写，而是其狱友鲁思梯谦代笔的。鲁思梯谦是比萨的一个战俘，他和马可·波罗同在威尼斯的一座监狱服刑。1298年至1299年，根据马可·波罗的口述，鲁思梯谦写成了文字，但关于鲁思梯谦本人的资料非常少。

1871年，亨利·尤尔[1]把马可·波罗的游记译成了英文，上、下两卷，里面添加了详尽的注释。鲍尔教授是否读过呢？我说的不是后来才出的缩略本。尤尔的原著近两千页，读起来很困难，但起码他的观点很正确！总而言之，鲍尔教授的观点不足为据，毕竟在376年至476年，西罗马帝国已经灭亡了。

想详细了解蒙古帝国历史的读者，请参阅志费尼[2]的传世巨著——《世界征服者史》。原著是波斯文，非常厚，米尔扎·穆罕默德·加兹维尼（Mirza Muhammad Qazwini）把它分成了三卷。

---

1 亨利·尤尔（Henry Yule，1820—1889）：苏格兰东方学家、历史地理学家。考狄曾对他的《马可·波罗之书》做过修订与补注。

2 志费尼（Ata-Malik Juvaini，1226—1283）：波斯史学家、文学家。其著作《世界征服者史》是研究成吉思汗西征历史的权威性史书。

"吉布[1]纪念丛书"（第16辑：译文系列）把这三卷收录了进去。约翰·安德鲁·波伊尔[2]在这三卷的基础上做了个英文缩略版，首版于1958年，再版于1997年。

《世界征服者史》所叙述的年代起自成吉思汗，止于忽必烈统治年间。这本书还简要描述了成吉思汗之死，他是在征讨西夏期间去世的，临终前受阻于驻扎在今敦煌附近的西夏军队。无论从哪个方面来看，这本书都是最好的一部了解蒙古帝国的史书。

（二）"一带一路"

第一次听到"一带一路"的时候，我当即认为，它指的就是古代的丝绸之路。《汉书》和《后汉书》都曾提到过丝绸之路上的贸易。"一带一路"不是凭空而生的新名词，而是运用现代手段对丝绸之路的复兴。

中国政府赋予古代这条贸易之路一个现代化的名字，因为丝绸不再是贸易品了。中国人在日常交流中，也认为"一带一路"

1 即埃利亚斯·约翰·威尔金森·吉布（Elias John Wilkinson Gibb，1857—1901）：苏格兰东方学家，擅长翻译奥斯曼、波斯和阿拉伯的诗歌。

2 约翰·安德鲁·波伊尔（John Andrew Boyle，1916—1978）：英国东方学家、历史学家。

就是西汉时期（前 206— 公元 25）形成的丝绸之路。但在美国，有些专家说，“一带一路”是中国施行的一种新型殖民主义，是具有侵略性的。他们之所以发出这样的言论，要么是由于对中国历史的无知，要么是故意装作无知。

让我们找一幅当代欧亚大陆的地图，一幅大尺寸、能铺满一张餐桌的那种地图来看一看吧。一块极其广袤的土地立即跃入我们的视线，西面是巨大的山脉，东面紧邻着太平洋，北面是辽阔的西伯利亚，南面是大片热带雨林。

有可靠的证据证明，古代丝绸之路也曾延伸到非洲，中国是穿过印度洋，与非洲展开过贸易的。如果想把欧亚大陆和非洲连起来，那么建一座桥或海底隧道就行了。现在虽然还没有建，但技术已经成熟。只要建起来，“一带一路”就能延伸到非洲西海岸了。

至于美国的版图，更像是一座被太平洋和大西洋包围的岛屿。美国北面与加拿大接壤，也连着北极圈，南部是墨西哥和巴拿马地峡。美国与亚洲、欧洲买卖的货物，大部分仍是通过海运，但对于所用的船只，美国有一个要求：不能使用中国的轮船。

“一带一路”不像美国政府断言的那样，尤其不像把白宫当作首要居住地的人以及占据白宫的其他人所断言的那样，他们宣称“一带一路”就是中国经吉尔吉斯斯坦、哈萨克斯坦、乌兹别克斯坦，到乌克兰、波兰，接着一路西进，对西欧施行的有计划的侵略。

这些人虽做了起劲的研究，却不知道自己的研究只是炊沙作饭，劳而无果。就连一些爱幻想的专业作家，也生不出这般臆想呀。“一带一路”被冠以太多离奇古怪的名字了。那些名字，都是些非美式英文的名字。

中国的“一带一路”，并不是带有侵略性的倡议，却正是东西方洲际贸易史的延续。它从东方一路贯穿到西方，同时也覆盖着沿线南部和北部的广袤区域。

由于技术的进步及地理因素的影响，“一带一路”不但对中国兹事体大，而且对它覆盖的所有国家的影响都不容小觑。其西端延伸到大西洋，向东则伸展到太平洋。这令我想起柬埔寨首相洪森的一个说法，是关于访问该国的美国经贸商的：美国人来了，跟我们聊一聊就溜之大吉；中国人来了，不但跟我们商谈，而且把钱也带来了！

像彼得·纳瓦罗一样，美国人选择故意忽视中国历史，只谈论一个仅存在于自己臆想中的中国。以甘肃兰州为起点的铁路，能通到乌鲁木齐；始于北京、上海和无锡的铁路，也都通到新疆首府。这些铁轨避开了大的山脉。到中哈边境的话，从乌鲁木齐过去，路程才比较近。如果我没说错的话，那么“贸易”已经开始了——每一天，都有几辆装着四个机车的列车从中国出发，将满载的货物运往欧洲目的地，包括伦敦。

中国铁路网纵横交错，因而在陆地上，从中国的主要城市就能到达欧洲的主要城市。再经由欧洲隧道，中国与伦敦之间也能实现陆路相通。我不晓得货运火车通过欧洲隧道要多长时间，但我知道客运火车穿过的话，仅需二十分钟。

自从有了便捷的欧洲隧道，从伦敦到法兰克福，我就不再乘飞机了，而是坐“欧洲之星”，先到布鲁塞尔，然后从布鲁塞尔乘德国高铁到法兰克福。这一路只需五个小时，并且还包括了中途一小时的换车时间。比起从希思罗机场飞到法兰克福所需的时间仅仅长了一点点，但坐高铁比乘飞机舒服多了。

未来的历史学家，会不会把当前欧亚的这个时期，称为“中国和平”呢？或许会的，我希望如此！

（三）“印太战略”

为了与“一带一路”倡议抗衡，美国政客正在推出一个类似的策略：“印太战略”（Indo-Pacific Strategy）。美国想控制国际日期变更线东西两侧的太平洋，也想控制印度洋，因为连接这两个大洋的海上通道的南海属于中国。从来没有证据表明，中国是一个具有侵略性的国家，中国更没有四处扩张的狼子野心。它只在自己的土地上励精图治，既不在国外驻军，也不会随随便便攻打哪个国家。

“印太战略”是以海洋为根基的，如果美国人懂历史，且明白“地缘政治”这个概念的话，他们就会意识到，即便控制了这两个大洋，也动摇不了欧亚大陆的根基，最多只会影响到欧亚大陆的周边区域。

太平洋和印度洋是通过马六甲海峡连接起来的，那片水域既有安达曼海，也有中国的南海等海域。美国之所以觊觎南海，是因为南海处在亚洲与欧洲、非洲的贸易通道上。

美国还变相利用《联合国海洋法公约》，主张美国海军的舰艇有权自由穿过南海；甚至认为美国军用飞机，包括B52轰炸机，也有权飞经南海上空。

在美国做出上述主张之前，途经南海的贸易一直风平浪静，虽然偶尔会遇到海盗，但没有其他棘手的问题。那些海盗有些生活在马来西亚东海岸，有些生活在菲律宾沿海，但都在茂密的雨林里。美国借南海生事，不是在无中生有吗？这听起来是不是很熟悉？熟悉得令人心痛！

第三章

消失的帝国　湮灭的文化

第一节　西夏：重见天日

讲西夏之前，我先说一说汉学（Sinology）。和我同时代的研究中国的学者给自己冠了个名，叫汉学家。《牛津英语词典》是这样给汉学家定义的：汉学家是研究中国语言、历史、风俗和政治的学者。我把文学和哲学也加了进去，尤其是孔子以来的古代哲学。一般来说，汉学家指的是研究中国古典学的学者，古典学的时间起点是周朝（前 1046—前 256），贯穿清朝，至 1919 年五四运动。五四运动又名新文化运动，鲁迅等人的作品是这个时期的代表作。

我那一代的汉学学者，先研究的是中国古典学，然后转向近现代中国研究，我仍继续原来的研究，多年后才转了方向。在欧洲，汉学就是中国研究，但在美国，汉学只是中国研究的一个小分支。

汉学这个词诞生于 1838 年前后，源于希腊语“Sinae”。在波斯语中，汉学叫“Sin”，可能是从“Qin”（秦朝）衍生出来的。1593 年至 1607 年，传教士利玛窦在欧洲出版了三本汉译的《圣经》，这是西方首次出版文言文作品。1742 年，第一部文言文语法书问世，它是傅尔蒙[1]编写的。

1746 年，第一所中国古典学研究所在那不勒斯成立，名叫“中国研究所”，即那不勒斯东方大学的前身。1878 年，德国的甲柏连孜[2]在莱比锡成立了该国的第一个汉学研究所。甲柏连孜德高望重，被尊为“现代汉学之父”。

汉学是一门可以终身研究的学问。西方汉学家的名单太长了，在此难以一一列举，我只挑些最有影响力的：法国的沙畹、伯希和、马伯乐、戴密微和勒内・格鲁塞，德国的福赫伯，意大利的杜奇[3]，日本的诸桥辙次、内藤湖南，荷兰的戴闻达、高罗佩，俄国的比丘林，瑞典的高本汉、比伦斯泰因，以及比利时的南怀仁。这些汉学家学的都是汉语文言文，也都懂中国邻国的语言。

西方著名的汉学期刊有《通报》、《华裔学志》和《法国远东学院院刊》。在日本，最出名的汉学期刊是《东方学报》。

若问我在汉学方面有什么“贡献”，那就是地缘政治知识的贡献了：我研究了欧亚大陆的诸多王国和部落，以及中国与欧亚

1 傅尔蒙（Etienne Fourmont，1683—1745）：法国汉学家、阿拉伯学家。
2 即乔治・冯・德・甲柏连孜，德国汉学家、语言学家，《汉文经纬》的作者。
3 杜奇（Guisseppe Tucci，1894—1984）：意大利汉学家。

大陆接壤的地区，时间跨度是从汉朝到元朝末年。这些研究我是在美国展开的，但从体系上来说，不属于汉学的范畴。

很多人学习汉语是因为学科的需要，尤其是政治学。懂了汉语，就能调取中文资料，作为第一手资料的补充。我认为，即便哪位学者会用一些精巧的名词、新词，也不能说他的研究就是科学的。至于统计数字，那就取决于你的解释了，正如坐标图上的X轴和Y轴，二者缺一不可。要想求一个坐标的值，不能只看一个轴，还要看另一个。

这个方法可能也适用于《威斯特发里亚和约》所确定的国家。该和约是1648年用拉丁文签订的，但拉丁文太难了，译成其他语言后，很多学者就把译文当成了第一手资料。所以，一想到美国学者做的中国研究，所用资料很有限（大都只有这样的第一手资料），也就不感到奇怪了。后来，《威斯特发里亚和约》成了国际法的基础，但直到鸦片战争之后，中国才知道这个和约。

18世纪至19世纪，是西方探险家探索中国和中亚的时代，其目的是为了科学、地理和语言方面的探索。[1]古埃及象形文字也是在这个时代破解的。

拿破仑占领埃及期间的1799年，古城孟斐斯出土了一块石

1 事实上，西方探险家来华带有多重目的，其中也不排除有殖民目的。——编者注

碑，即罗塞塔石碑。碑上刻着三种文字：上面是古埃及象形文和俗体文，下面是对应的古希腊文。内容是孟斐斯城僧侣于公元前196年献给国王托勒密五世的一篇歌功颂德的文告。石碑自发现后，多年无人能解。法国大学者商博良[1]，经过多年潜心研究，终于破解了碑文，解开了古埃及象形文字之谜。

20世纪初，西人还很不了解中国的大西北。于是，俄国科学院出资，资助其国人到中国大西北探险；俄国地理学会对这个活动也非常支持。他们还想寻找一座废弃的城市，黑水城。这座城市隐没在巴丹吉林沙漠之中。

在最早来中国大西北的俄国探险家中，有两位特别引人注目，一是格里高利·波塔宁[2]，一是格鲁姆-格兹希马柳[3]。是他们让西方人第一次知道了黑水城，但两人都不知道它的具体位置。

1907年，为了寻找这座废弃的城市，科兹洛夫从圣彼得堡出发，来到大西北，却没能找到。1908年，科兹洛夫再次率队前来。这一次，他们幸运地得到了当地蒙古部落的帮助。这座湮灭已久的城市，终于重新回到人们的视野。当地部落称之为“哈拉浩

---

1 即让·弗朗索瓦·商博良（Jean-Francois Champollion，1790—1832），法国历史学家、语言学家、埃及学家，被称为“埃及学之父”。

2 格里高利·波塔宁（Grigory Potanin，1835—1920）：俄国博物学家、民族志研究者。1884年至1886年，他曾到中国北方探险。

3 格鲁姆-格兹希马柳（G.E. Grumm-Grzhimailo，1860—1936）：俄国昆虫学家、地理学家和探险家，曾任苏联地理协会副会长。

特”（黑城），它坐落在黑河（额济纳河）岸边，所以中文名叫“黑水城”。但当时，蒙古人只说了黑水城的位置，别的都没说。

在那个年代，没有现在的高科技工具，如卫星地图等。卫星地图非常详细，现在的人们已经司空见惯了，但那时的探险家用的地图都很原始，他们得眼耳并用。黑水城隐藏在欧亚大陆荒无人烟的大漠之中，探险家们为了找到它，只能通过分析商人和旅行家的记录，并借助当地居民所给的零星信息。

至于黑水城的传说，科兹洛夫是靠耳朵听来的。当时，俄国有两位探险家，一位叫格里高利·波塔宁，一位叫弗拉迪米尔·奥布鲁切夫[1]。他俩简单地提了一句传言：在额济纳河上游，有一座湮灭的城市。这话刚好被科兹洛夫听到了。就连当地部落的人也认为这样的说法只是个传言，因为那时候还没有人把黑河绘到地图上呢。《马可·波罗游记》虽提到过它，但也只是一带而过。

科兹洛夫找到了黑水城，自然功不可没，但功劳不是他一个人的，还应当归到一位布里亚特蒙古人身上，即措克托·巴马兹哈若夫[2]。1907 年春天，他拍了一张黑水城的照片，还手书了一

1 弗拉迪米尔·奥布鲁切夫（Vladimir Obruchev，1863—1956）：俄国地理学家，也是该国最早的科幻小说家之一。

2 措克托·巴马兹哈若夫（Tsokto Badmazharov）：一位布里亚特蒙古人的名字，最早见于俄语资料，英文名字由俄语转拼而来。

份黑水城的介绍，一并送给了俄国地理学会（位于圣彼得堡）。

我曾多次寻找他送的这张照片和文字介绍，但目前还不知道它们的下落。科兹洛夫不打无准备之仗，在被俄罗斯国家博物馆派去黑水城之前，他就已经掌握了大量信息，这也是他后来收获甚丰的一大原因。

至于探索黑水城的英国人，当提探险家和地理学家奥里尔·斯坦因。1914 年 5 月末，斯坦因首次抵达黑水城，这是他第三次探索中国大西北了。科兹洛夫第一次来黑水城是在 1909 年 5 月 1 日，时间上早于斯坦因。科兹洛夫第二次来黑水城，发掘出的文物文献更多，可谓车载斗量，它们全被运到了圣彼得堡。现如今，绝大多数西夏文献文物都被收藏在该市内的俄罗斯国家博物馆。

为了研究欧亚大陆的历史，我买了一些欧洲探险家的作品。“一战”之前，他们开启了大探索时代，并深入欧亚大陆的高山和沙漠进行探索，他们还到游牧民居住的地方考察风土民情。15 世纪至 18 世纪末是地理大发现时代，大探索时代是它的继续。

要想更好地了解欧亚大陆，这些探险作品是我的必读书。一本本读完很耗时间，但里面的知识非常丰富。通过阅读亚历山大大帝的远征史和与古希腊研究相关的著作，我发现了斯坦因的《沿着亚历山大的足迹》，并被其深深吸引。紧接着，我又认真读完他的《沙漠契丹废址记》和《沙埋和田废址记》。斯坦因在这两本书中加了很多注释，还写下了跟书的内容有关的日记，引用了其他探险家的作品。他引用的那些作品我也读了个遍。斯坦因的作品成了我展开研究的基石。

第二节　被遗忘的国家，被遗忘的文化

近八个世纪以前，在中国大西北，征服者成吉思汗的生命走到了尽头。1227年8月，在征西夏时，成吉思汗病重而亡。他的死加速了西夏帝国的灭亡，在大西北繁荣了近两个世纪的西夏文化也日渐式微，几近消亡。成吉思汗的子孙们继续他未竟的事业，在世人的历史潜意识里留下了浓墨重彩的一笔。

将近八百年的时间里，西夏帝国和西夏文化被世人遗忘，深埋在荒凉的戈壁大漠之中。一百多年前，在俄国和英国探险家的发掘中，西夏才得以重见天日。最近几十年，西夏的历史逐渐为人所知，但这部分西夏史基本上是用文言文记载的。

西夏与中原不睦，双方战事不断，所以汉人对西夏的记载里有着很深的敌意。

科兹洛夫第二次去黑水城，是在俄国地理学会的催促下去的。到了以后，他给这座城市起了个新名：死城哈拉浩特。他带

人在城墙外边不停地挖,挖出了一座佛塔。这座佛塔堪称一座图书馆,里面装藏着不计其数的文献,但科兹洛夫认不出上面的文字。返回圣彼得堡之后,科兹洛夫在俄国地理学会做了场报告。在报告中,他这样说道:

> 我们的发现具有巨大的科学价值,我们发掘出了一座真正的宝藏。探险成果有几千册保存完好的书籍、大量绘画作品、个人藏书及书籍的散页,还有几百尊佛像和画像。

1909 年,俄国地理学会在其第 45 期杂志上刊登了科兹洛夫的报告。这份报告随后也传到了柏林和伦敦,德国和英国的国家地理学会知晓了其内容。1911 年,报告全文分成八期刊载,题为《俄国中亚研究报告:发现死城哈拉浩特遗迹》,但我没找到。难道它们是在俄国频繁遭遇的战争动乱中被毁坏了?若果真如此,是在"一战"后俄国国内动乱期间,还是在"二战"时期列宁格勒保卫战期间?我们不知道,也可能永远不会知道。毕竟天下形势一乱,各种收藏品也会跟着遭殃。究竟是被毁掉了,还是被转移了?希望是被转移了吧。不过,列宁格勒保卫战期间,木柴和煤炭极其缺乏,说不定老百姓拿它点火了。他们可不管纸上写着什么。

西夏文化被科兹洛夫发现了，然而，这是一种死文化。西夏文字形似汉字，人们看上去眼熟，可就是读不出来，也不知道是什么意思。早在科兹洛夫发现西夏文字的前几年，人们在宋元时期的一块石碑上，也发现了这种文字。欧洲学者经过一番研究，特意写了一篇论文，确认科兹洛夫发现的文字和石碑上的刻字是同一种文字。

“二战”期间，巴黎没有遭到大的破坏，这篇论文没有灭失，现保存在巴黎的法兰西学院。谁要是想研究西夏文字的话，不妨分析一下这篇论文。但当时，西方人普遍认为，西夏文字只是一种装饰品，他们既不了解西夏历史，也不知道繁盛一时的西夏文化。令人大感意外的是，几年后，就在中国的大西北，那座埋在黄沙下的城市被发掘了出来。

关于西夏研究，还有一部应当分析的作品，那就是聂历山[1]的《西夏语文学》（*Tangut Philology*），收录了幸存的有关西夏语研究的手稿，是用潦草的古俄文书写的。俄国当局指控聂历山为日本间谍，暗中监视斯大林。1957年，聂历山得以平反，他的档案也重见天日。我从苏联带回一部《西夏语文学》，共上、下两

1 聂历山（N. A. Nevsky，1892—1938）：俄国学者，当代西夏语研究奠基者之一。

册，是聂历山的一位后人在莫斯科送给我的。我有一堆西夏文献，全部捐给了西夏博物馆，其中就有这部作品。放在博物馆可能还会有点用，总比放在我的书架上招灰强多了。

几千年来，在太平洋西岸的东亚文化圈，中国文化始终占据着主导地位。中国文化给了邻国很多灵感，尤其是日本、韩国和越南，它们借鉴了中国的汉字，创造出自己的文字。

过去的朝鲜国仍使用汉字。为了处理动词共轭等语法问题，韩国人发明了很像汉字的文字。日本更是采用了中国的文字。日本也有本土的平假名、片假名，二者都取自汉字，只是写法不同，读音不同。振假名是注音假名，类似于汉语拼音，是用表音的假名拼写出来的，字体比较小，对应着片假名和平假名。比如在日语字典中，一个日本字跟着一个注音假名，注音用平假名拼写；这个字对应的汉字的读音，是用片假名写出来的。

日本不但借鉴了中国的文字，也借鉴了中国唐朝的建筑风格，建造了自己的宫殿和庙宇。你要是去京都的话，不妨到古城走一走。不要大步流星，放慢脚步，看一看古城的建筑，你会发现满眼是盛唐遗韵。你甚至会有种感觉，自己是不是穿越到唐朝去了。亚洲其他国家的佛教寺院，大都受到了中国建筑风格的影响，但韩国的寺院多采用绿色，而在日本，除了京都，其他城市的寺院多是蓝色的。

在中国古典学研究方面，有两位法国学者对我影响很大，一位是汉学家和历史学家戴密微，一位是汉学家伯希和，他重点研究蒙古历史和吐蕃王朝历史。

在德国纳粹占领法国时，戴密微侥幸存活，伯希和却因参与法国的抵抗运动，被纳粹枪决，其学术生涯戛然而止，留下很多尚未出版的文章、研究笔记以及珍贵藏书，现都安放在法国国立图书馆。他生前尚未完工的扛鼎之作《蒙古秘史》法文译本，里面添加了详细的注释，忠实体现了他如切如磋、如琢如磨的旷世学者风范。

后来，威斯巴登的夏嘉思[1]继承了伯希和的遗志，接着翻译完全书。现在，此书法文版已由德国的奥托•哈拉索维茨出版社（Otto Harrassowitz Verlag）出版，厚厚的四大卷啊。

我的导师丹尼斯•塞诺[2]教授是匈牙利人，他认识伯希和，且与他并肩工作过。塞诺教授搬去巴黎之前，在塞格德（Szeged）大学研究阿尔泰语。“二战”期间，塞诺教授在巴黎参加了法国抵抗纳粹运动；“二战”结束时，他被法国政府授予“荣誉军团勋章”，并加入法国国籍。

---

1 夏嘉思（Klaus Sagaster，1933— ）：德国波恩大学中亚研究所教授，蒙古学家。

2 丹尼斯•塞诺（Denis Sinor，1916—2011）：欧亚研究的泰斗，参与编写过《大英百科全书》。1948 年至 1962 年，在剑桥大学任职；后在美国印第安纳大学布卢明顿校区任教授，直至退休。

我从比利时搬到美国任教后，有幸认识了塞诺教授。我俩都在印第安纳大学布卢明顿校区乌拉尔和阿尔泰语研究系，是他鼓励我研究蒙元历史以及西夏语的。我不熟悉美国的研究基金申请体系，塞诺教授就建议我向美国国家人权基金会提交申请，并派一名助手帮我做准备工作。1973 年 5 月，我递交了申请，12 月初收到获批消息，次年 2 月就可以启动研究。得知这个消息时，我还住在纽约呢。1974 年 1 月底，我赶紧搬到布卢明顿，2 月初就着手此工作。

这是一笔为期三年的研究基金，由我们系监管。有了这笔丰厚的资金，我当即成立西夏研究中心，聘请两位全日制研究生做助手，并申请定时使用计算机主机查询资料。为了研究西夏文献，我去苏联工作了一年多，那段时间的各种开支也是从基金中支出的。我先去列宁格勒，在那儿的冬宫博物馆工作了一年时间，专门研究科兹洛夫带回俄国的文献，然后去莫斯科，在科兹洛夫档案馆研究了三个月。

11 世纪至 13 世纪的西夏文字和汉字非常像。外行人一看，会误以为它就是汉字。在研究科兹洛夫带回的那些文献时，我认出上面的文字就是西夏文。至于西夏文的音系归属问题，目前为止，我没有明确的定论，只有如下几点认识：一、它不是汉字；二、它可能属于阿尔泰语系；三、宋朝汉语的西北方口音对它影响很大。宋朝的西北方地处边疆，口音很混杂，不同语言归属不同语系。我是用汉语开展对西夏文字的研究的。

科兹洛夫在黑水城已经挖走了很多文物文献。斯坦因去的时候，也没有空手而归，也挖掘出大量西夏文献、绘画作品以及陶器等珍贵的古文物。斯坦因把它们全部运回伦敦，并在英国皇家地理学会举办了一场讲座。自此，西夏文化就被投进了与俄国完全不同的欧洲知识界，在欧洲的学术地图上有了自己的位置。

伯希和是否亲自参与了黑水城的挖掘工作？我们找不到这方面的记录，但在敦煌，千佛洞（莫高窟）被打开的时候，伯希和就在现场。在明朝（1368—1644）早期，藏经洞被封死了，但有物质证据表明，它早在1220年之前就被封死了。证据就是砂浆：在藏经洞的很多纸张上，都沾着砂浆。从这一点就能明显看出，藏经洞被封得非常匆忙。

发掘出的那些写本，有些就是断编残简，很不完整，但上面有文字。伯希和认定这些是西夏文，他让助手把碎片收集起来，现都保存在法国国立图书馆。

我曾有机会去查验其中的一些写本，并得出了几个初步结论。一、它们是残缺不全的练习册；二、写本的内容相同，但是是由不同的人抄写的，有初出茅庐的新手，也有非常熟练之人；三、早在宋朝年间活字印刷术发明之前，这些练习册就已经存在了。在欧洲中世纪的写本中，一般都有一些誊抄错误，这些练习册也不乏这样的错误。练习册上的内容并不吸引人，但我还是按照写手的不同水平，挑出十个残片，并交了些费用，让图书馆给拍了下来，并把照片带到了冬宫博物馆。在那儿，我通过进一步分析证明，我最初的结论是正确的。

由于战争等因素，很多国家的文物文献流失在外，珍藏在异域的博物馆和图书馆，因索要不回，这些国家如今对这种情况仍然充满了怨恨之情。然而，战争却不管文物是否珍贵。一旦某个地方打起仗来，很多珍贵的文物就会被毁于一旦。最近几年，叙利亚的世界文化遗产大都被炸毁了，尤其是古代中东的遗产——美索不达米亚文化遗产，更是被毁得不成样子。现在是 2020 年末，那边的仗还没打完呢。

伯希和就敦煌莫高窟的重大发现编写了六大卷《敦煌石窟图录》，于 1920 年在巴黎出版，书名为《伯希和之天命：敦煌莫高窟》，如今在日本东京东洋文库的数字珍本馆可以查阅。

时至今日，伯希和的记录只能作为一种历史参考了，因为现在人们对莫高窟的了解已经大大超过了伯希和。有人也许会问，你讲这么多探险家的故事做什么？那就看看今天的敦煌吧：一个人口不到 20 万的边远小城，70% 的收入靠的是旅游业，更不用说莫高窟难以估量的文化价值！

在伯希和从敦煌带走的写本中，不但有很多汉语写本，也有许多西夏文献。这些文献基本上是孤本，考虑到外面的世界不安全，伯希和不打算将它们陆运至巴黎，而是装到箱子里等海运。他们雇了辆卡车，打算先运到兰州，暂存到一座博物馆里。究竟是哪座博物馆？卡车究竟装走了多少文献？是 2 000 箱，还是 2 000 公斤？人们只能猜测，一直没有定论。这辆卡车离开了敦煌，却始终没有抵达兰州。难道是被盗了？也许是的，因为 1909 年前后，有人在北京出售西夏写本，还声称个个都是真品。后来我也买过一本，一直在我书架上招灰呢。它是个赝品。

当时之中国，正逢乱世，大批敦煌文献被拿到市场上公开叫卖。不是按册卖，而是论斤称！很多外国学者，尤其是美国学者，争相购买。很多外国的中国研究图书馆就靠这样购买文献奠下了基石，尤其是美国，比如哈佛大学的哈佛燕京图书馆，耶鲁大学、宾夕法尼亚大学和芝加哥大学的图书馆等。令人遗憾的是，这些学者并不认为自己“盗窃”了中国的文化资源，而是认为自己在“保存”文献。他们还认为，只要把它们放到图书馆供世人查阅，这些文献就有了用武之地。这样的想法着实让人感到悲哀。但姑且还是让我们从战争的角度考虑吧。一旦遇到战争，再值钱的文献也可能成为火引子！

日本的学者也买到很多敦煌文献。大谷大学的某个图书馆就收藏了不少，且严禁外人查阅。要不是我有敦煌学方面的学术资历，我也会被拒之门外呢。宝贵的敦煌文献竟然藏在这个图书馆，真是令人匪夷所思。

1978 年，我接受了芝加哥大学的长期聘任，但印第安纳大学的工作也没辞。我经常是在芝加哥工作两周后就换到印第安纳大学；两周之后，再折回去。我在芝加哥的家中专心分析《番汉合时掌中珠》，它的原件珍藏在列宁格勒冬宫的腹地。不到一年时间，我取得了一些初步研究成果，并在《通报》等学术期刊上发表。《通报》是资格最老的汉学期刊。1979 年末，我开始编写《掌中珠》（卷 A 和卷 B）。卷 A 是分析结果，卷 B 是附录，即原字典每页的复印件。1982 年，印第安纳大学出版了此书，把它列在“乌拉尔和阿尔泰语研究系列”第 142 卷。

此后，我着手写另一本书《西夏语：一种已经灭绝的中亚语言》。德国有一家专业书籍出版社，原打算在 1985 年出版此书，但因缺乏资金，推迟了出版时间。在等待期间，我把它重写了一遍。荷兰有一家王室资助的文化基金会，我向它申请了出版经费，想着如果批下来，就补充一些最新的中文资料，等到 1997 年再出版。

值得注意的是，那个时代没有个人电脑，也没有网络，所有材料都得先手写，才能出版印刷。遗憾的是，荷兰那家基金会现在不重视有关西夏的书籍了，而是重视古代阿拉伯的。那就顺其自然吧，毕竟阿拉伯语是一种活语言，西夏语已经死了八百年了。既然八百年都能等，几十年又算什么呢？话虽这么说，但如果能出版，对我个人而言还是挺有意义的！

至于西夏语的音系如何确定，我认为当从大西北盛行的方言音入手，时间范围是10世纪至14世纪。中国、日本和西方不少学者是从现代汉语的发音入手的，但这样的研究方向不对。2018年，有人告诉我说，中国一些西夏学者采纳了我的观点，比如李范文先生。他在《宋代西北方音：〈番汉合时掌中珠〉对音研究》中，提到并接受了我的观点，这令我非常高兴。在此，我表达一下对李先生的谢意。

第三节　西夏研究

我刚开始研究西夏语的时候，法语、英语和德语方面的参考资料非常少，我主要研究和分析从唐朝到元朝时期的中文资料。同时，我也开始梦想把注意力放在黑水城的废墟上。

当时的冷战局势可谓非常严峻。苏联有很多西夏文献，且已出版了不少相关的研究书籍和文章，但由于国际局势方面的原因，我没法去苏联查找资料。那个时代没有个人电脑，没有便利的网络，也没有现在的电子打字机，很难查找资料，尤其是“二战”以前的资料。比利时各家图书馆建有内部渠道，彼此信息共享。如果在某一家找不到想要的资料，它会帮你联系别的图书馆，但我找的都是古旧的珍本，内部渠道也帮不上忙。

那时候我住在布鲁塞尔，离巴黎不远，坐火车三个小时就到了，如果搭便车的话，一天也能到巴黎。所以，我定期去巴黎，到法国国立图书馆、巴黎东方语言文化学院的几个图书馆查找资料。但是，这几家图书馆的西夏资料也少得可怜，令我备受打击，只好改变自己的研究方向。于是，我把方向放在了丝绸之路沿线一些王国的历史上，包括蒙古历史。最后，我写的博士毕业论文就是《元朝时期蒙古和吐蕃的关系》。

19 世纪末的那些探险家、地理学家，如斯文·赫定、斯坦因等，留下了一些探险作品。就是在阅读他们的作品的时候，我注意到俄国皇家学会发表了有关西夏的作品。那些俄国作者都曾去过西夏，我把他们的名字记下来，列了一张长长的单子，可就是找不到他们的作品。

在西夏研究方面，俄国地理学会取得了很多进展，但西方国家的学者无从了解。于是，我发函询问法国国立图书馆、大英博物馆和大英图书馆，却没有收到回复。也许它们用国际平信回复了，但这样的平信很容易寄丢。

沙俄时期的很多贵族和学者，因惧怕十月革命，纷纷逃到了巴黎。我在根特大学读博的时候常去巴黎，于是就在五区的于歇大街租了间公寓。五区即众人皆知的拉丁区，我在那儿认识了几位上了年纪的俄国学者，他们帮我解决了 18 世纪中期至 19 世纪俄语的一些疑难问题。其中一位是俄国地理学会的成员，遗憾的是，我忘了他的名字。是他告诉我，在柏林弗里特里希－威廉大学能找到俄国地理学会发表的西夏作品。这所大学筹建于 1809

年，现在叫柏林洪堡大学，它是欧洲最好的大学之一。爱因斯坦、马克斯·普朗克、黑格尔、叔本华都曾在那里当过教授。这位学者给我提供的线索很重要，可是，当时是冷战时期，而这所大学在东柏林，只有穿过柏林墙才能过去。我该怎么办呢？

突然间，命运女神降临了。当时，我虽在根特大学念书，但在北约总部也有份闲差，主要是阅读并上报民主德国的消息。没有比这更枯燥的工作了。1964 年（也可能是 1965 年），东德和苏联政府之间出现了一点异样。我不清楚发生了什么事，很可能只是件小事。这事本不该我管，但北约总部问我是否介意穿过查理检查站，去一趟东柏林。当然，我不介意。

这是我第二次去东柏林。借此之机，我直奔洪堡大学中亚和蒙古系。那里的几位教授和我一见如故，彼此成了朋友。他们帮我找到了梦寐以求的俄语资料。在他们的帮助下，订阅俄语书籍也一下子方便很多；并且，我还能查阅苏联图书馆的资料。

到 1968 年，即前往美国那一年，我已经迫不及待要展开西夏语言和历史研究了。1989 年两德统一的时候，我已经来了中国。在时间流逝中，我和洪堡大学的这几位朋友失去了联系。

1992 年，借莱比锡贸易博览会之机，我经莫斯科飞到了柏林，为的就是查找老朋友的下落，可一个也没找到。我只好坐上火车，落寞地回到了莱比锡。在此，我想谢谢你们，老朋友！你们知道我说的是谁。谢谢你们在那个艰难的时代给予我的帮助！

我不知道他们的下落，为了尊重隐私，我就不提名字了。他们有的可能还在世，有的可能已经离开了。有的可能还在俄罗斯，有的可能流亡海外了，但不管他们的命运如何，我尊重他们每一个人。

EX CAELIS OBLATUS. [1]

1 EX CAELIS OBLATUS：拉丁语。此处可理解为感谢上苍安排，得遇上述朋友。

第四节　从沉默的王陵到拉卜楞寺

不知道为什么，我对沙漠和沙漠上的部落一直怀有深切的热爱。至今我还保存着一本 1935 年出版的卡尔·拉斯万[1]的《阿拉伯黑帐篷》。我曾有位法国朋友，他是法国驻摩洛哥的文化大使，驻地在卡萨布兰卡。1981 年，我去卡萨布兰卡看望他。卡萨布兰卡离廷巴克图[2]遗址不远，我想借机游览一下那儿的沙漠，但因签证材料不齐全，签证费也太高，终未成行。为了满足自己对沙漠的强烈期盼，我就在摩洛哥的沙漠上走了走。

2018 年 8 月，我们的老朋友，北京资深出版人周中华先生，为了能让我们更好地探索中国大西北，再次安排了文化之旅。他在 2016 年已经安排我们访问了西夏王陵。一得知这个好消息，

1　卡尔·拉斯万（Carl R. Raswan，1893—1966）：1893 年生于德国，写过多本关于阿拉伯马匹的著作。

2　廷巴克图（Timbuktu）：位于西非马里，地处撒哈拉沙漠地带，历史上是贸易和文化中心，是古代西非和北非骆驼商队的必经之地，也是伊斯兰文化向非洲传播的中心。

我就天天盼着，掰指头算着，期待和兴奋之情难以言表。

西夏王陵埋着好几位皇帝，从11世纪初第一位皇帝开始，之后近两百年的时间，统治那块土地的都是西夏人。蒙古联盟在成吉思汗的率领下，一度南征到现在的阿富汗，接着趁热打铁，灭掉了旁边富庶的阿拔斯王朝[1]。这个王朝的都城就是辉煌宏伟的巴格达。

约翰·斯坦贝克[2]在其剧作《人鼠之间》中阐释了一个观点：计划一旦制订出来，就很容易遭到破坏。果不其然，为了灭掉西夏，蒙古人一次又一次制订了计划，却怎么也没料到对手是如此强劲。西夏人是河西走廊的真正掌控者，他们骁勇善战，一次次激烈反抗，多次粉碎了蒙古人的作战计划。成吉思汗本人也在征西夏时亡故。

为报仇雪恨，蒙古人大开杀戒，屠戮西夏皇族，西夏遗民流散各地。历经元、明，其后裔逐渐与当地汉族或其他民族融合，西夏文明最终走向了消亡。直到1907年，人们才重新发现了西夏文字。这种文字犹如天书，多年无人识得。而我就喜欢破解古代文字，所以就和西夏文字结了缘。

---

1 阿拔斯王朝（750—1258）：阿拉伯帝国的第二个世袭王朝。1258年，被率军西征的旭烈兀所灭。

2 约翰·斯坦贝克（John Steinbeck，1902—1968）：美国作家，普利策文学奖得主（1940）、诺贝尔文学奖得主（1962）。

至于蒙古人对西夏帝国的破坏到了何种地步，在此，有必要援引一段成吉思汗之孙旭烈兀聘用的历史学家志费尼的原话。他的这段话抒写了巴里黑城（位于今阿富汗巴尔赫）最终的命运，为蒙古人破坏西夏帝国的严重程度提供了珍贵的史料依据。原文如下：

> …… 因此，所有大汗的大汗窝阔台下令：将巴里黑（原文：誊抄错误，但无西夏语发音）的全部人口，无论尊卑，无论男女老幼，无论数目多寡，全部逐出平原。依惯例，把他们分成几百或几千人的小组，用剑刺死。不留任何蛛丝马迹（此处文字缺失），让他们的尸体晒干。在这之后的很长一段时间，当地野兽以这些尸体为食：雄狮与野狼为伍，秃鹫与老鹰（此处文字缺失）相伴，共享这些食物。而他们（蒙古人）纵火烧掉城内的花园，还把全部注意力放到城市的外围，推倒城墙，砸掉豪宅和宫殿 ……（下面三行字因浸水而模糊不清）

蒙古大军征战波斯的时候，用同样的方式灭掉了波斯的两座城市：一座是巴里黑，一座是尼沙普然（位于今伊朗境内）。随着时间的推移，这两座城市都得以重建，但西夏的都城黑水城没能在原来的轮廓上修复起来。明朝初期，黑河改道，黑水城渐渐变成了荒无人烟的大漠。现在，我们有证据表明消灭西夏帝国的部落来自蒙古首都哈拉和林。土尔扈特部可能是西夏最早的蒙古部落，那块地盘今属阿拉善旗管辖。20世纪早期的西方探险家，包括伯希和在内，都认定土尔扈特人为幸存的西夏人。斯坦因爵士在黑水城内外挖掘的时候，与当地的土尔扈特人交谈过，他认为他们说的是西夏语。

2016年访完西夏王陵，我们想去黑水城看一看，便驱车沿着贺兰山开了出去。一路上都很顺利，快到终点的时候，却被拦住了。我只好期待下次再来。总会有下一次的！只是，在这颗星球上，我已经活了四分之三个世纪了，多么希望下一次能早点到来呀。

其实，至少对我来说，首次西夏之行是很顺利的，算是一次成功的探索之旅了。在西夏博物馆，我和几位馆长见了面，并承诺捐出自己的西夏文献。2018年8月，我们一到西夏博物馆，就受到了盛情的接待，并在贵宾厅完成了捐赠仪式。从在场人们的反应来看，我的决定是正确的。陪伴我大半辈子的西夏文献，终于找到了最好的归宿。

再次离开西夏王陵，我还是想去黑水城看一看，可这次又没能如愿。同行的人提议说，我们租架直升机过去吧，但被我拒绝了，因为我不仅想看看黑水城，也想在沿途的沙漠上走一走。于是，我们改变计划，决定先去敦煌，然后经兰州去拉卜楞寺。我很熟悉这座寺院，它在甘南藏族自治州，从兰州开车三四个小时就能到。中国境外有种传言，说外国人若去拉卜楞寺，必须提供书面许可，所以当我试探着提出去那里的时候，我没料到真能成行。

进入藏区的山地，映入我们眼帘的，是一座座白色的“神龛”，以及随风飘扬的五彩经幡。所谓的“神龛”，就是人工建造的小佛塔。一个半小时后，我们抵达拉卜楞寺。它所在的地方好像是个小村子，寺门旁边有一排转经轮，我们走过去，用手转了转。从转经轮锃亮的光泽来看，应该经常有人转动它们。

寺前只有一条大街。为了排污水、埋电缆，工人们正在挖地下道，因尚未完工，所以看着有些乱。只要一完工，电线就不用再悬空了。要是明年再来的话，这条道就会便利多了。在中国很多地方，生活也是越来越便利。寺里的殿堂和僧舍都漆着红黄两色。门牌上有两种文字，上方是藏文，下方是汉文。寺里寺外，到处可见身着绛红色僧袍的僧人，汉族游客也很多，二者清晰可辨。

街上有两家店铺，招牌上只写着藏文，瞬间吸引了我的目光。我略懂一些藏文，认出它们是书店，便走进其中一家。里面的书籍既有藏文的，也有汉文和蒙古文的。我逗留了一阵子，花了不小的一笔钱，买了一大堆藏文书，以及最新的藏汉、汉藏字典各一套。店主还从后面的套间取来一堆旧书，让我挑选，都是关于拉卜楞寺的，我照单全收了。店主是位藏民，但他用汉语和我交谈。他告诉我，我是他店里接待的第一位“老外”！我想，回去后，我一定尽快再来这里一趟。

其实，我对拉萨的寺院和日喀则的扎什伦布寺并没有多大兴趣，我一直想去游览的就是安多和康巴地区，即与中原交界的藏区。

参观拉卜楞寺的某些大殿需要预约，我们这次来得突然，所以只能参观向公众开放的小片区域。汉族游客大都是组团来的，他们脚步匆忙，走马观花半小时左右就离开了寺院。我们在寺里和周边停留了近四个小时。一见到藏僧，我和历莉就双手合十，这手势一定没错。我讲的一口生疏的藏语他们似乎也听懂了，所以允许我们多参观一些地方。

寺内也有一条主道，僧人来来往往，络绎不绝。这家“小寺院”为了常住小僧人的教育，办了学校。小僧人的父母希望他们既能学到佛教知识，也能受到正常的汉语教育。小僧人个个穿着亮红色的僧袍，成为寺内令人愉悦的景观，但他们既然是孩子，就少不了孩子的顽皮，时不时要闹成一团。

成年僧人大都已经剃度了，正在山顶的经堂里闻思修呢。

从山脚往上看，可以看到那些高高在上的经堂。一名僧人用藏语告诉我，这儿的常住僧人有2 000名左右，我没理由怀疑这个数字的真实性。要到山顶的经堂看一看的话，推荐你开一辆4×4的越野车。

在2018年8月之前，我读过很多西方记者对中国的报道，内容无外乎以下这些：西方人无法去藏地旅行，在中国火车上会受到怎样的责难，以及收费站如何采集身份识别信息，等等。其实，外国人在申请来中国的签证时，就要采集身份识别信息了。在中国入境的时候，海关就会对照这些信息。美国的入关系统也一样，没有太大变化。西方记者怎能如此罔顾事实呢！

算上2018年这一次，我已经先后五次去藏地了，但每次都没人责难我，也没人特意拍下我的照片留底。只有乘飞机、坐高铁、住酒店时，我才需要出示护照。即便是在美国，坐飞机、火车，住酒店，每个人不也得出示身份证件吗？出示信用卡可以吗？我劝你不要开信用卡！

在中国旅游的时候，我们使用的交通工具主要是高铁列车。只需出示一下护照，就像中国人出示身份证那样，没人扫描你的证件，也没人给你拍照留底。

美国记者说，在中国收费站，老外都会遭到盘问。从兰州出来，进入宁夏回族自治区的收费站时，我们的车子的确停了下来；进入藏区时，也停了下来。但我们没下车，也没有出示身份证件，更没人问我们任何问题。我们在收费站小停片刻，只是为了等司机交过路费。在整个中国，到处都有收费站。在美国也有。

我们从上海开车去江苏，得交过路费，返回时不用交。车船税按年交，完税标志贴在我们车前窗的右上角。中国的收费站特别多，但起码中国的公路养护得非常好！美国的收费站也非常多，但收的钱好像没用到公路、桥梁的养护上呀。

西方记者写的中国大西北在什么地方？我怎么不知道呢？可我去过真正的大西北，不止一次，很多次了！特朗普政府不但篡改历史，篡改事实，连地理位置都改了，只是没往推特上发而已。那些记者还跑到特朗普所说的美墨边境，进行各种报道，那些报道也让人觉得可信度极低！哦，我忘了那儿天气炎热，大太阳毫无恻隐之心，火辣辣地照射在他们头上。我想起诺埃尔·考沃德[1]的一句歌词："在大热天的晌午，只有英国人和疯狗才会跑出去。"哦，我弄错了！我说的那些记者不是英国人。他们是美国人！

说到中国的公路，不得不说一说戈壁滩的公路。离开敦煌之前，我们先开车两个小时，去了汉朝遗址玉门关，沿途净是戈壁大漠，一眼望不到尽头。有两点令我感到很吃惊。第一点：我没料到在戈壁滩的公路上开车非常安全。在美国莫哈维沙漠、死谷

---

1 诺埃尔·考沃德（Noël Cowards，1899—1973）：英国剧作家、作曲家、导演。

沙漠开车游览的时候，我从来没有过这样的安全感。并且，在戈壁滩，你不用担心车子半道上坏了没法修，也不用担心自己会失踪。路两边都装了很多摄像头，监控着每辆车的行驶速度。在某个加油站加油的时候，我问一位工作人员，如果在监控屏上发现哪辆车子不见了，他们会怎么办？他当即答道：派个无人机。第二点：我没料到手机在戈壁滩仍有信号。绝大多数沙漠都没有信号，只有从沙漠里出来了，快到某个城市或镇上的时候，手机才会恢复信号。

至于声名远播的玉门关，我们在那儿走访参观了一个小时，“印象深刻”都难以表达我的感受。中国古代的人们，用了怎样的智慧，才在渺无人烟的大漠里建起玉门关的？

离开敦煌后，有人把我们送到柳园站，从那儿坐动车到兰州。动车的始发地是乌鲁木齐，柳园站在甘肃省，但它归新疆铁路部门管辖。用不了一年，柳园和兰州就会通高铁了。速度提上去了，可途中的浪漫就会少了。比起坐车，还是自己开车更好玩。在柳园开往兰州的动车上，我内心涌起了一种强烈的感受，感觉自己终于回了趟“家”。中国大西北和那儿的沙漠，令我魂牵梦绕了几十年。为什么会有这样的执念？我不知道。

第四章

中转站台湾

第一节　我在芝加哥的最后一年

芝加哥大学有个远东语言文化系，还有个远东图书馆。它们给我的聘书是在 1976 年秋天到的。出任图书馆馆长需满足三个条件：其一，绝不能是通过“老男孩关系网”介绍来的；其二，必须掌握多种语言；其三，最好是受过欧洲教育的。我接受了聘任，担任图书馆馆长的同时，也在远东语言文化系就职。

1978 年底前，我把时间分成了两块，一块在芝加哥，一块在印第安纳州的布卢明顿市。布卢明顿是个小城市，富有浓郁的乡村魅力，我喜欢住在那儿。这个小城的南面就是出产良马的肯塔基州，被誉为“蓝草之州”。可我前妻是个保守的犹太人，她很不喜欢布卢明顿，朝思暮想着回纽约曼哈顿。她总说自己是在曼哈顿长大的，但她娘家其实是长岛的。长岛是一个小镇，坐火车到曼哈顿中心得一个小时。她只吃犹太净食，而离我们最近的犹太商店却在印第安纳波利斯，开车过去得两个小时。为了买牛肉和蔬菜，每周我俩就得开车去一趟。

芝加哥大学给我的职位是长期的，但在印第安纳大学，我的研究基金是有期限的，到 1976 年底结束。用学术界的行话来说，这个职位是建立在“软钱”[1]之上的。塞诺教授无法保证给我一个终身职位。所以，我和前妻决定搬到芝加哥居住。

芝加哥大学位于海德公园地区，教职工大都住在那儿，但我们不想与他们同住。我感觉，那个地方就是个优雅点的贫民窟，或者卫戍区。于是，我们在西代弗西林肯公园边上租了套公寓，里面有三间卧室，房间很宽敞，视野很开阔，从公寓里可以看到密歇根湖上的游艇。

我在远东图书馆的主要职责是保障图书馆能正常运行和制止内讧。图书馆人员派系比较多，按研究的国家来分，有日本派、中国派。各个派系你争我夺，依了张家，违了李家。派系斗争太厉害了，图书馆都快瘫痪了。

芝加哥大学聘任我的时候，远东语言文化系系主任嫌我是犹太人，死活不想接受。我料到日后他会排挤我，但排挤程度之深，仍超出了我的想象。有一天，他发现我读过福柯、费尔南·布罗

---

1 软钱：某个政府或机构提供的项目资金。该资金仅是一次性的，用完后得不到补充。

代尔[1]的法语原著，并且比他更熟悉作品的内容，他恨不得唱一出“既生瑜，何生亮”。我还是少说点，总结一句就打住吧：我俩只是因为法语语言问题起了点冲突。

《游牧帝国》是我在印第安纳大学任教时写的。有一天，我和宾夕法尼亚大学出版社社长罗伯特·欧文（Robert Erwin）巧遇，他就把这本书拿去出版了。在这之前，美国院校使用的中亚史教材是英文版的《草原帝国》，原作者是法国历史学家勒内·格鲁塞。

《游牧帝国》出版后不久，美国不少院校不再使用《草原帝国》，纷纷以《游牧帝国》取而代之。它通俗易懂，既适合专业读者，也适合普通读者。

但我那些远东语言文化系的同事对《游牧帝国》很不友好。因为在当时的美国学术界，有两种普遍的认识：一是教授不该为普罗大众写书，我估计，在他们眼中，《游牧帝国》是给业余人士消遣的读物；二是教授不应该靠出版物挣钱。如果谁违背了这两点中的任何一点，就免不了受处罚。曾有两位知名作家亲口告诉我他们自身的遭遇。

---

1 费尔南·布罗代尔（Fernand Braudel，1902—1985）：法国历史学家，年鉴学派代表人物之一，“新史学”的推动者。代表作有《地中海与菲利普二世时代的地中海世界》、《15—18世纪的物质文明、经济和资本主义》和《法兰西的特性》。

一位是埃里奇·西格尔[1]，他是普林斯顿大学希腊文和拉丁文系（现已更名为古典学系）的教授。西格尔写了本小说《爱情故事》，畅销全球，可他所在的院系却觉得蒙了羞，强令西格尔退休。另一位是诺贝尔文学奖得主索尔·贝娄[2]，一领完奖，就被任教的大学强迫退休。我在芝加哥大学工作的时候，贝娄也在那儿任职，但那时我俩没见过面。后来，他把所有作品的中文版权都交给了我。这些作品都已经在中国出版了，相信读者能找得到。

1982年，我的《掌中珠》出版了。同事们更是异口同声责备我，嫌我浪费公共资金研究某种没用的死语言。他们说：戈壁滩上的那个小王国，跟我们有什么关系？那种语言有一丁点用处吗？另外，我在欧洲受过的教育也成了他们反对我的理由，我在备受尊敬的学术期刊上发表的很多文章，包括在《美国东方学会会刊》上发表的，也一概遭到他们的无视。其实，这样的反应我早料到了。

这样的学术环境已经让我对美国不抱幻想了，它让我看到了美国的肤浅，识破了象牙塔内一些人真实的嘴脸。在芝加哥大学，除了我，还有一些欧洲来的工作人员，我们都没在美国上过

---

1 埃里奇·西格尔（Erich Segal，1937—2010）：美国作家、编剧。

2 索尔·贝娄（Saul Bellow，1915—2005）：生于加拿大魁北克，后移居美国。普利策文学奖、诺贝尔文学奖获得者，美国国家荣誉艺术奖章得主，唯一一位三次荣获“美国全国图书奖”的作家。

常春藤名校。至于美国同事对我们的态度，可以说是一贯虚伪，有时甚至到了有失体面的地步。

他们自觉优越，认为美国人强过任何一位欧洲来的学者。但是，恕我不敢苟同。获得诺贝尔奖的很多美国人都是欧洲移民，其中不少是犹太人。犹太人和中国人有一个共同点，都很重视教育。犹太民族有一个很古老的传统，那就是学习，学习，再学习。犹太家庭和中国家庭一样，也认为万般皆下品，唯有读书高。你如果请一个犹太人在蛋糕和书之间做出选择，那么出局的肯定是蛋糕。人的大脑一旦掌握了知识，任何人都夺不走，就连皇帝也不行。

但是，我必须承认的是，我也打碎了他们的美梦。首先，系主任没料到我身兼两职，他也有用得着我的时候。他希望远东图书馆能进一批研究日本德川时代（1603—1868）的书，便放下身段，向我说好话。我虽没拒绝，但也并未优先考虑他的请求。远东图书馆的藏书中，关于中国研究的书籍最多，而在我上任前几年，新采购的书籍大多是关于日本的。我决定增购中国研究方面的书籍，不再买与德川时代有关的书了。

接着，我为远东语言文化系的两名年轻学者发声。其中一位是非裔美籍男士，他是研究中国明朝的。另一位是女士，其专长是宋词翻译。远东语言文化系的中国古典学名噪一时，我很熟悉他俩的工作，对他俩也很有信心。我觉得对远东语言文化系的研究而言，他俩的工作能起到很好的补充作用，但美国同事百般阻挠，拒绝给他俩提供长期职位。针对这件事，我公开提出了批评。

当时，掌控远东语言文化系的是研究德川时代的同事。系主任想引介法国哲学家米歇尔·福柯的作品，我看了看英文版，发现译得非常糟糕，简直不堪卒读，便把自己的想法说了出来。他们非但不接受我的建议，还在我背后说三道四，甚至放冷箭。但我没有退缩，最终压下了他们的气焰。

芝加哥别名风城，是个很不错的城市，但我感觉它就是个褊狭之地。我的前妻很喜欢芝加哥，自从搬过来，她就不再拿曼哈顿烦叨我了。再说了，芝加哥也有犹太商店。我们就住在密歇根湖的旁边，湖水就是天然的空调，所以夏天一点也不觉得炎热。可一到冬天就不行了，天气非常寒冷不说，还经常下鹅毛大雪。我倒不觉得天寒是个大问题，因为多数时间我都不出门，只是埋首在家里进行研究和写作。前妻在这里刚住了一年，就觉得生活如同嚼蜡，嚷闹着要搬走。她想搬到“华丽一英里”，即芝加哥最优雅、最热闹的区域，可我不想搬。

还是长话短说吧。闹到1983年，我俩就过不下去了。1983年，对我来说，简直就是个悲惨之年。这年春天，我身上起了带状疱疹，天天疼痛难忍，在医院治疗了好一阵子。刚痊愈，我又患上了抑郁症，所以又回到医院，次年暮春才出院。

抑郁症是因为离婚闹的。我知道非离不可，但没料到她没等我出院，就想把我赶出去。在“华丽一英里”旁边，有条小街叫歌德街。我在那里找了个一居室的小公寓，虽然小，但里面挺雅致。至于离不离婚，我真不怎么在乎，因为我已经不想在美国继续生活下去了，美国的学术环境更是让我深恶痛绝。签完离婚协议后，我感觉生命的阳光再次明媚起来。

出院后，校长温特劳布先生把我叫到他的办公室。他把外人打发出去，用德语和我单独聊了聊我的状况。校长也是犹太人，希特勒上台之前，他随家人移民到了美国。然后，我俩到员工俱乐部共进午餐。我告诉他我想辞职了，他劝我说：“你身兼两职呢，千万不要辞！我给你两年学术假期，你先缓一缓。”用完午餐，我俩仍意犹未尽，便到吧台旁边一起抽烟。得知我离开美国的心思已定，校长仍建议我不要放弃学术，并劝我回欧洲，继续从事研究，还向我推荐了慕尼黑大学和威尼斯大学。离开吧台的时候，他再次问道：“你真不打算回来了？”我回答：“我想，您已经知道答案了。”我们微笑着握了握手，然后消失在彼此的视线中。

第二节　经香港到台北

(一) 香港

我听从了校长的建议，先休学术假。至于这两年怎么过，我是这样打算的：先去台北过渡一年，再考虑将来在哪儿落脚。其实，欧洲对我的吸引力不大，除非走投无路了，我才会考虑打道回府。台湾政治大学邀请我去该校从事清史研究，并给研究生开课（其实只带一名研究生，督导她完成一篇藏传佛教的毕业论文）。台湾“中央研究院”也给我写了推荐信，让我自由进出那儿的图书馆，查阅汉文、满文、蒙古文的古籍。除此之外，我还拿到了斯坦福大学的一点学习经费，可以在台北专门练习汉语口语。

因此，1984 年我收到北京会议邀请函的时候，便制订了离美赴中的计划，打算会议一结束，就从香港去台北，短时间内决不回美国了。20 世纪 80 年代，大陆和台湾不通航，来往很不便利，得借道香港才行。若按里程来说的话，当时香港台北之间的航班可能是世界上最贵的。后来才多了澳门和首尔两个中转地。我更喜欢澳门航班，守时，服务好，但澳门这条航线开通得比较晚。

在北京开完会，我就乘中国民航的飞机去了香港，降落地是启德国际机场，这个机场设计得真有水平，在这儿降落真够人喝上一壶的。开始降落的时候，天空澄澈得像水晶，我坐在窗边，清楚地看到了香港岛的全貌。景致可观的太平山山顶、美丽的维多利亚湾，在脚底一一呈现。飞越九龙上空那一刻，飞机下降幅度越来越大，乘客越来越紧张。一时间，机舱里惊叫连天。因为外面一边紧挨着高山，一边紧挨着居民楼！你要是坐在左边，就会感觉马上就要撞到山上，小命说没就没了。若是坐在右边，就会看到楼顶触手可及的户外天线，大片大片晾晒的衣服（我开玩笑地说，升旗日到了），正播着节目的电视，以及围坐在餐桌边的居民。飞机离楼房太近了，若有梯子的话，就能下去拜会一下里面的居民。

乘客们一个个吓得灵魂出窍，就在一瞬间，飞机突然来了个九十度急转弯，并直直往下降。着地那一刻，乘客才长出了一口气。你若在视频中看，会觉得飞机转这样的弯很容易，可我当过飞行员，知道在做这样的操控时，飞行员常常是屏气凝神，高度紧张的！

因为以前没来过香港，所以这次我打算逗留三天，好好逛一逛，第四天再飞台北。早在芝加哥申请台湾签证的时候，签证官就告诉我：要从大陆去台湾，无论是在大陆购买的物品，还是从芝加哥带过去的，但凡带有“中国制造”的标志，都得留在海关；离开台湾时，才能再到海关取走。我怎么也没料到，香港当时也是同样的规定。

因为我带了十几本在大陆买的简体中文版的宋元史书，香港海关二话没说，就把它们扣了，还差点把我拒之门外。看到我带的中国台湾“中央研究院”的推荐信，海关才同意放行，但紧接着，他们发现我的护照也有问题，又不让我进关了。因为上面有中国大陆的签证，还盖着中国大陆出入境的印章。无奈之下，我找到当时比利时驻港总领馆，加急办理了一本新护照，才把这个问题解决了。加急护照真贵呀！

经过好一番折腾，我终于踏上了香港的土地。订的酒店在九龙弥敦道，我叫了辆出租车。香港太热了，烈日高悬，火伞高张！这是我第一次经受亚热带的大热天，真有点受不了。好在酒店的房间还不错，比在东京住的那个房间大了一倍。室内有空调，着实令我松了一口气。自从离开芝加哥，我一直就没休息好。洗了个舒服的热水澡，我倒头就睡。连睡了几个小时，醒来一看，日头业已西沉。穿衣下楼，走出酒店的大门，门外就是繁华的弥敦道。

都晚上了，白天的热气还没散呢。

我朝着渡轮码头方向走，路边竟有一家咖啡馆，里面摆着意式咖啡机。幸运女神真的是很眷顾我啊。我点了杯意式浓缩咖啡，坐下来抽了支烟——当时的咖啡馆不禁烟——我喝了两杯咖啡，连抽了几支烟，才走出咖啡馆。可我临时改了主意，不想去码头了，打算次日再去。

于是，我拐进一家爱尔兰酒吧吃晚餐：羊排非常好吃，啤酒是从桶里现接的。喝完啤酒，我还叫了杯威士忌，一个人喝得兴致勃勃。才离开芝加哥一周多，我竟然差点把它给忘了！忘了就忘了吧，这样更好。北京和香港都是非常忙碌的大都市。看着酒吧外人群密集，街上熙熙攘攘，我感觉自己会喜欢上这样的生活的。而在美国的大城市，天一黑街上就没人了，夜里更是没人敢出去。

在香港的第一天，我马不停蹄跑了一天。先从九龙渡轮码头上船，饱览了维多利亚港的美景。沿着弥敦道走去码头的时候，只见一路上车水马龙，行人脚步匆匆，令我着实吃惊。我只知道纽约人走路快，见了香港人才知道，纽约人走得很慢，太慢了！北京的大街我去得还不多，但感觉北京人走得更慢，像是在悠闲地遛弯，街上也比较安静。

就是在弥敦道，我真正认识到了汉字的奇妙。不管是中国哪个地方的方言，用的都是同一种文字！这条道上有很多路边摊，我想买点东西，就到一个写着中文的摊位前，用汉语询问价格，可摊主摇了摇头，表示没听懂。她还说了一大串粤语，那语速快得像闪电。我不会说粤语，也听不懂，于是换成英语，她竟然是用英语回的话。没想到，做点小本买卖竟也要懂英语！

渡轮票很便宜，我还没买过这么便宜的票呢。维多利亚港非常忙碌，非常肮脏，遍地淤泥。渡轮开到了香港岛的另一侧，下来的时候别提多拥挤了。人声嘈杂，但人们并不大呼小叫，也不推来搡去。我先去了趟卫生间，接着就坐上有轨电车去北角。这电车就像是博物馆里的老古董，虽然破旧了，但非常便捷，汽车都得给它让道。

在北角，我走的是窄小的步行道，两边摆满了摊位，卖啥的都有：食物、衣服、鞋子、锅碗瓢盆，应有尽有。不管什么物品，不管是不是急需，你都可以砍价。小贩们乱要价，你一定要砍价！

走饿了，我进了一家粤式茶餐厅，叫了份鸡汤馄饨。不知侍者是否听懂了我说的中文，反正给我端上来的就是鸡汤馄饨。接着，我找了家西方人开的咖啡馆，来了杯意式浓缩咖啡，然后才坐地铁回码头。地铁上有空调，一路很凉爽，也很舒适。

一出码头，我就特意避开游客扎堆的地方，专挑不起眼的街道走，一路走到旺角。我一路走走歇歇，走累了就找个台阶坐下来，喝上一杯冰啤。我把大脑放空，什么都不想，只是静静地观望着眼前的世界，看着一个个漂亮的女孩子从眼前走过。我没把自己当成游客，也不想一下子就把香港逛完。我知道在接下来的两年，我还会再来的。在香港，大英帝国殖民统治的标志已经不多见了。警察穿着绿色的警服，虽让人感觉到威严，但他们都是中国人。在大街小巷的招牌上，都写着中、英两种文字。这很正常，因为这座城市是旅游城市，在这儿做买卖的外国人也很多。

我走进几家珠宝店，看看里面的珠宝以及其价格。除了一些便宜的小物件，那些珠宝都太贵重了，我买不起。话又说回来，当时的我也用不着给任何人买钻戒。离开珠宝店，我跳上一辆双层巴士，准备去一家清真寺看一看。晚上祷告时间还没到，但门前已经聚集了许多穆斯林男子。他们头上的帽子缠得各具特色，身上罩的都是袍子，一眼就能让人认出是阿拉伯人。香港人对此已经司空见惯，所以走过的时候，都不看他们一眼，但游客觉得他们很有异域特色，对着他们不停拍照，都顾不上眼前华美的清真寺了。出门前我忘带相机了，但就算拍了照片，它们也躲不过前文提到的台湾大地震呀。

跑了一整天，我回到宾馆洗漱了一番，便再次出门吃晚餐，地点仍是那家爱尔兰酒吧。次日，我按照自己的计划，兴致勃勃地参观了香港两所大学，并逛了逛大学旁边的书店。

(二) 台北

离开香港的时间到了,因行李很多,我叫了辆出租车,赶往启德机场。登机手续不怎么繁复,很快就顺利办完了。到了台北,我会住在一位朋友家,他是位喜欢烟酒的美国人。我走进免税店,买了点自己喜欢的香烟,也给他买了点礼物:两瓶单一麦芽苏格兰威士忌,牌子是“麦卡伦”,窖藏三十年的;还有一大包纯正的古巴“高斯巴”雪茄。

这位朋友曾对我抱怨说在美国能抽到进口的古巴雪茄,质地非常好,但在中国台湾抽不到,这里就没有纯正的好雪茄。他是个识货之人,若见到我带的“高斯巴”,一定会喜出望外。至于那两瓶威士忌,也令我脑洞大开,我一边往候机大厅上层走,一边想象着和他开怀畅饮的场景:我俩就喝纯的威士忌,既不加冰也不加水。候机大厅上层呈阶梯状,在那里刚好可以俯瞰飞机跑道。

天空晴朗,可谓一碧千里,也就飞了半小时左右,台湾岛西岸就清晰地浮现在眼前了。只见蓝天白云,层峦叠翠,水光潋滟,好一幅美丽的山水画!中部的高山更是青翠巍峨,从南到北,几乎纵贯了整座岛屿。

去台湾之前，我已经提前做了个旅游攻略，知道台湾岛处在亚热带地区，北回归线横穿嘉义。我还查了查岛上山脉的分布情况，颇感不可思议：台湾岛本是弹丸之地，高山却出奇地多。海拔 3 000 米以上的竟有两百多座，玉山主峰就更高了，海拔近 4 000 米。台湾的景色给我的第一印象不错，在飞机上我就想，一定要在这个岛上好好游历一番！

飞机是在中正机场降落的，“中正”是蒋介石的名字。原想着入境、清关一定很复杂，定会遭到盘问。谁知只用了半个小时，全部手续就办完了，顺利得令我惊诧。海关既没查验我的行李，也没让我做检疫，只是看了看中国台湾“中央研究院”给我的推荐信，就放行了。据我猜测，这可能是因为他们觉得我就是个单纯的学者，危害不到台湾的安全，所以就让我顺利通过了。

一到到达大厅，我就看见接我的朋友已经到了。我问他怎么兑换台币。他告诉我，官方规定了一个固定汇率，1 美元兑台币 40 元；如果是在银行兑换的，只要你能出示证据，那么没用完的台币就能再换成美金，否则就换不成了。在苏联和东德，我也碰到过这样的情况。所以，这次我就换了 1 000 美元，一直到几年后离开台湾，我都不是在银行兑换的。

朋友住在松山机场附近，那儿是市区，开车到中正机场要一个小时。一出机场，我就被眼前的景色迷住了。大片大片的稻田，如碧波万顷，一眼望不到尽头。禾苗既鲜绿，又柔嫩，在风中摇曳生姿。这是我第一次见到稻田！照片照不出长城的雄伟，也拍不出稻田的风采，只有亲眼看到了，才知道多么摇人心旌，多么动人心魄。就在我望着稻田出神的时候，朋友打了个左转弯，上了一条南北向的高速公路，前面就是台北市区了。

台北在基隆河畔，地处盆地的中央，土壤很脆弱。说实话，台北给我的第一印象不太好，我感觉它就是个小地方。因地震频发，楼房建得都不高，也就四五层的样子，再高点的也就十几层，但这样的高楼没有几座。水泥墙面很潮湿，上面布满了霉斑，有些还裂了口子，因为台北是座多雨的城市，一到秋冬就雨水连绵，还经常刮台风。台北最好的建筑是巴洛克风格的台湾当局领导人办公室。日本侵占台湾期间，它是台北的地标建筑。“二战”结束日本投降后，把台湾归还给了中国，它才有了现在的用途。

为了给我接风洗尘，朋友接我的途中就先请我吃了晚餐。主打菜是鲜鱼，别提多新鲜了。他住在一座居民楼的三楼，里面没有电梯。一进家门，他就给我讲台湾的新鲜事。因台湾地区“戒严令”还没废除，他告诫我：不要在公共场合谈论政治，哪怕泛泛地谈也不行。

蒋介石去世后，蒋经国（1910—1988）子承父业，成为中国台湾地区领导人。蒋经国在苏联生活了十二年，娶的妻子也是苏联人。在莫斯科中山大学期间，他和邓小平相遇过。

1987 年 7 月 15 日，蒋经国废除了施行多年的“戒严令”。在他的领导下，台湾经济发展迅速，一跃成为“亚洲四小龙”之一。正是由于废除了“戒严令”，流落台湾多年的民众才可以回大陆探亲。一时间，港、澳、台的航班成了世上最贵的航班。只要能和失散多年的亲人团聚，没人抱怨机票贵！

我在台湾生活了好几年，和太太住在长安路，这条路很繁华，也很热闹。1988 年 1 月 13 日晚上，我俩正走着回家呢，忽然发现路上一片死寂。汽车、摩托车、自行车全都停下了，行人也止住了脚步。紧接着，一阵刺耳的警笛声刺破了四周的寂静，盖过了空调的轰鸣。商店里的电视上正播着新闻，人们围在一起，聚精会神地观看着。我和太太也走了进去，紧盯着电视屏幕。新闻里说，蒋经国先生去世了。

我和太太之前知道他病得很重，得到这个消息时还是感到震惊。我俩回家骑上摩托车，飞驰到忠孝东路四段。她父母的宅邸就在那儿。忠孝东路是台北最繁华的商业区，此时此刻也是鸦雀无声。岳父和蒋经国关系密切，蒋经国安排他建造台中港。建造期间，蒋经国先后十几次亲临港口看望他，每次都和他共进晚餐。

当然，我和蒋经国没见过面。台中港有个餐厅，蒋经国每次来视察，厨师就会使出浑身解数，给他奉上一桌最好的海鲜。蒋经国也不推辞，总是用完晚餐再回台北。有一天，我和太太等人也去了台中港，也在这个餐厅吃了顿海鲜，菜式和蒋经国用过的一模一样。那餐厅的宴席别出心裁，海错江瑶琳琅满目，真是一桌佳肴美馔！这辈子，这样的盛宴我没吃过几回。

蒋经国去世后，李登辉上台。李登辉虽然胜出了，但反对党也没彻底败下阵来，总拿他的血统做文章。自他上台后，总有人说他母亲是台湾人，父亲是日本高级军官，所以他骨子里很亲日。

这么说也没错，因为李登辉确实是在京都帝国大学受的教育，他的日语比汉语更流利。至于蒋经国，毋庸置疑，他绝对是中国人，认同的是祖国文化，但李登辉推行的是台湾“本土化”（即台独路线）。正是由于这项政策，我和太太开始考虑离开台湾，搬到大陆定居。

至于台湾当局，它不知民生为何物，削减军人遗眷的生存保险金不说，竟然还想彻底取消掉。那些军人都给当局纳过税，也出过保险金份额。这一政策出台后，我们在台湾的不少亲朋都受到了影响，岳母即是其中之一。岳父去世后，她每月的生存保险金被当局硬生生砍掉了一半。岳母无须担心生存问题，我和太太自会保障她的生活品质，可其他人又该怎样活命呢？蔡英文已经彻底忘掉了礼义，更不知道孟子的养民之说。

自古以来，台湾一直是中国的领土。1895年，甲午战争失败，清政府和日本签订了丧权辱国的《马关条约》，把台湾割让给了日本。日本侵占了台湾整整五十年，把它变成了自己的农业殖民地。明清时期，一部分福建土著移民到台湾，成了早期居民之一。他们见识过日本的农业文明。与韩国人不同的是，有些人不知有光荣的历史可以回顾。在我初抵台湾之时，有些人竟然不顾伤痛史，对残酷的殖民统治进行了美化和粉饰。

“二战”后期日本投降，被迫取消了和清政府签订的不平等条约，把台湾归还给了中国。1979年1月1日，美国总统吉米·卡特与中国建交，他坚持一个中国的原则，并取消了美国和中国台湾签署的协议，但同年4月，美国国会迅速改弦易辙，通过《与台湾关系法》，与台湾当局暗通款曲，变相否认了中华人民共和国的立场，忽视中国自古以来的历史。

实际上，台湾只是个弹丸之地，近乎三分之二的土地不宜居住。岛上有高山、原始森林，南方有沙滩（当然，也有海鲜），整体景色还不错，是个生态旅游的好地方。可是，台湾地质构造不佳，地震频繁，很不安稳。信不信由你，里氏5级以上的地震在台湾司空见惯。在我的祖国比利时，3级甚至2.5级的地震就是大地震了！和台湾地震比起来，实在是小巫见大巫。

然而，在台湾的生活，对我个人来说，是重要的基础。有近十年时间，我是从台湾去大陆出差的。不然，后来我也不会那么快就适应大陆的生活。在台湾期间，我的中文口语进步飞快，词汇量扩大了很多，不知不觉中文就说得很流利了。

也正是在台湾，我做出了两个重要的决定，一是换了职业，二是迎娶了历莉。能娶到她，既是冥冥之中注定的缘分，也确实是我的福气。迈进婚姻殿堂之前，我们已经交往了两年，到现在为止，彼此相伴三十多年了，我们还记着结婚时的誓言：执子之手，与子偕老，除非死亡把我们分开。这两个决定都改变了我的人生走向，令我深感欣慰。虽然最初经济上有些困难，但我利用自己的语言优势，很快就把困难化解了。

我曾立志献身于学术事业，根特大学的好友也劝我不要离开美国的大学，但我不后悔改变了自己的人生道路。为什么要后悔呢？无人能改变过去，只能从过去汲取经验。离开学术界从事版权工作，对我来说是非常有意思的经历。

我在美国南卡罗来纳州开启了学术生涯，也游走了周边不少地方，却发现种族歧视非常严重，甚至到了暴力化的地步。美国黑人地位低下，饱受白人歧视，双方压根就融不到一块。搬到中西部之前，我在纽约生活了一段时间，发现那里也存在着种族歧视，只是没有南卡罗来纳州等地那么明目张胆罢了。

大家都知道我反对种族歧视。只要是人类，体内不都流着同样颜色的血液吗？骨骼不都是白色的吗？器官不都是相同的吗？“种族”这个词儿比“基因”出现得早。1775年，德国人类学家约翰•弗里德里希•布鲁门巴赫在其著作《论人种的起源》里首次提出了人种分类法。20世纪20年代，德国和英国发展了这种理论。白人殖民主义者更是利用种族这一说，给自己的统治和剥削披上了合法的外衣。其实，这种理论早就声名狼藉了，已经被认定为不科学了。但是，自特朗普上台以来，出于政治上的目的，种族主义又复活了。历史曾为我们演示过种族主义导致的严重后果。1922年，它在德国初见端倪，接着蔓延到整个欧洲。难道美国就能逃脱同样的后果吗？

其实，我之所以结束在美国的学术生涯，根本原因不是种族问题（虽然它是一个重要的因素），而是僵化的大学体制。它所遵从的那一套只适合某些人文学科，比如社会科学、政治科学，因为这样的学科建立在“有根据的猜想”上（有时候连猜想都算不上）。

美国大学还规定，学生只能学习自己专业之内的知识，专业之外的一概不准。然而，任何学科都不是线性孤立的，其他学科的知识和活动也很重要，它们能提高一个人综合理解的能力。另外，美国大学推崇单语制，给多语制贴上了怀疑的标签。而我流利掌握了十二种语言，自然知道多语制的奥妙。抵台后不久，我发现台湾大学的眼界也不宽，做学问只以本土研究为中心，几乎不做外国研究，即便有，也只是关于美国的研究。

休学术假的时候，我还兼另一份差：比利时驻台湾地区贸易顾问。这基本上是个挂名的闲差。1985 年的某一天，有位朋友给我打了个电话："比利时有家钢材公司，把独家代理权给了中国台湾一家钢纤维公司。我有个朋友在这家公司工作，但最近比利时不让代理了。她叫陈历莉，你可以帮帮她吗？"于是，我和历莉见了面。这是我俩第一次见面。

几个月后，我告诉她，代理权拿回来了。经过几个月的交往，我俩坠入了爱河。求婚时，历莉提了三个条件。一是要我留在中国，这事好办。二是要我把欧美书籍引介到中国。这令我十分高兴，二话没说就应允了。我和书籍已经打了半辈子交道，既能推介欧洲文化，还能和孔方兄建立交情，我岂能放过这样的大好机会？第三个条件更是令我深感荣幸，但我不能在此公开，就当作我俩的秘密吧。我俩相识于 1985 年，1987 年结成夫妇，开启了新生活的篇章。至于第三个条件，你要想知道的话，那就尽情猜吧！

第三节 从学术界到版权代理

1987 年，我和太太如愿创建了大苹果公司。有些朋友说，这个名字不合适，因为看不出它和版权代理有什么关系。历莉却回答："没错。但是，只要一听到这个名字，你就忘不了。"我们就用这个名字，开启了夫妻档职业生涯，共同推广欧洲文化，促进中外文化交流。我们没料到的是，大苹果既是台湾地区第一家版权代理公司，也是当时全中国第一家。

1989 年和 1999 年，我们相继在北京、上海设立了办公室。为了业务便利，除了台北，我们还在伦敦和纽约开设了分支机构。1990 年，大苹果获得日本塔托-莫里版权代理公司的投资，双方愉快地合作了多年。后来，其创始人汤姆·莫里去世了，但我们公司之间的合作仍在继续，所以大苹果在东京的办事处也还营业着。

塔托-莫里版权代理公司总部在东京，它是日本创办最早、规模最大的版权代理公司，在业界享有盛名。我知道它不仅做版权代理业务，在美国（佛蒙特州）和新加坡也有自己的出版社。另外，它还负责英国电视四台、美国国家地理频道的一些国际业务。我母亲和塔托出版社也打过交道，但我知道的细节不多。汤姆·莫里是这家公司的创始人之一，他是一位很传奇的成功商人。1990 年，他写信邀请我们去东京访问。

于是，我和太太飞到了东京。汤姆派人到成田机场接机，还在日本皇宫附近给我俩安排了酒店。汤姆的办公室设在神田神保町，这条街很有名气，几百家书店鳞次栉比，出版商、书籍批发商也在那儿安营扎寨，形成了一条完整的商业链。次日，汤姆派员工把我们接到他的办公室。

这是历莉头一次和日本人打交道，难免有点紧张。日本侵华期间，她祖上受到日军残害。没见汤姆之前，我们原以为他瘦小精干，具有典型的日本老板形象，可进了办公室，才发现他肥肥大大，说着一口地地道道的英文，纽约布鲁克林的口音。汤姆笑容满面，高声欢迎我们的到来！原来，他以前住在夏威夷，是名相扑运动员，难怪心宽体胖。谈到版权业务，汤姆心直口快，上来就道了一句："中国的版权业务，自然要让中国人来做。"直截了当的一句话，顷刻间打消了我们的疑虑，也让历莉放松下来了。

我们双方迅速达成了合作，塔托-莫里将资助我们开拓市场。有了他们的大力支持，大苹果很快在国际舞台上树立了威望。不然，我们至少要多花十年时间，才能从台湾拓展出去。台湾民间不尊重版权（copyright），认为版权就是复制他人著作的权利（the right to copy）！我的《游牧帝国》就被台北一家出版社盗版了。我前去交涉，却发现台湾当时的著作权法只保护书籍的英文版权，不保护翻译权。为息事宁人，这家出版社的老板说，他可以让在旧金山做书籍批发的朋友把没卖掉的库存销售出去。所以，我们达成了协议。他把库存全部运到了旧金山，几周后就卖完了。

这本书不是给大苹果立传的。要给它立传的话，就交给我们的接班人吧。或者哪个读 MBA 的学生，若想找家公司作为研究对象，也可以考虑大苹果。我们的业务主要是在大陆，台湾业务虽然也在推进，但那个市场太小了。

随着公司规模的不断扩大，大苹果的业务拓展到了泰国、越南和印尼。几年前，还拓展到了蒙古国。令我们欣慰的是，我们代理的一些书，如《爱情故事》《大象的眼泪》等，还被译成了藏文和维吾尔文。

大苹果成立之初，台湾和大陆的关系不太好，制约了大苹果的发展。而西方国家的出版社、代理商认为，中国大陆没有著作权法，在业界缺乏国际认可度；再者，他们也弄不清中国同行的想法，不敢和他们打交道。

1997年，大苹果被亚洲福布斯评为中国最大的版权代理公司，他们还送了我和太太一顶高帽：文化大使。有次在饭桌上，有位朋友说："你掌握了那么多书籍的命运，当称文化界的无冕之王。"我笑着止住了他："还没喝你就把我灌醉了。"

许多读者可能并不知道我，也不知道我的中文名字，这委实不重要。其实，我们可能早就结过缘了。你们可能读过我引进到中国的书籍，大陆用的是简体字版，港台是繁体字版。究竟引进了多少本，我也说不清，因为太多太多了。

在此，谨举一些大家耳熟能详的作品：《英国病人》《魔戒》《教父》《谁动了我的奶酪》《麦田里的守望者》《万物简史》《时间简史》《西方艺术史》《光荣与梦想》《哲学的慰藉》《从黎明到衰落：西方文化生活五百年，1500年至今》《世界文明史》。传记作品有《斯蒂芬·霍金传》《罗琳的故事》《维特根斯坦传：天才之为责任》《毛泽东传》《周恩来传》，以及即将出版的《威尔士亲王查尔斯新传》。还有系列科普书《科学史上的动人时刻》，管理方面的书籍如彼得·德鲁克的《卓有成效的管理者》……题材涵盖很广，有文学、科学、哲学、历史、艺术、宗教和管理等。

我们不但致力于把西方的书籍引进到中国，也希望助力中文书籍走上国际舞台。琼瑶的《烟雨濛濛》[1]就是通过我们推出去的。这事是历莉和琼瑶的丈夫联系的，他叫平鑫涛，一位颇有名气的出版人。为了把这本书译成地道的英文，平鑫涛出了一笔不菲的翻译费，在台北请了一位译者，但译文错误百出，实在太糟了，所以没有译完就被叫停了。台北很难找到好译者，我索性请了一位美国小伙，他妻子是中国人。他本人也写了一本书，是位颇有才气的作者。但多数处女作不适合出版，他的首作也没受到出版商的青睐。不过，我个人喜欢看他写的东西。拿到没译完的英文稿，他做了大刀阔斧的修改，彻底化腐朽为神奇，完成了未译的部分，最终交出了一份令出版商深感满意的译稿。

在他翻译期间，为了能给这本书找到出版商，我和太太也没闲着。我们找到纽约一位卓越的版权代理人琳达·迈克尔斯，请她代为推介。有了她的大力协助，我们把《烟雨濛濛》一下子推给了全球十三家出版社。其中挪威和荷兰的出版社卖得非常好。美国出版商拒绝出版此书，但我们找到了澳大利亚和新西兰的出版商，在这两个英语国家打开了销路。我们还把琼瑶的作品推到了印尼，但只推了那些被改编成影视剧的作品。总而言之，《烟雨濛濛》被我们推得很不错，佣金却少得可怜。代理合同到期后，平鑫涛就亲自上阵了。

---

1 此书英文名为 *Fire and Rain*。

李敖也曾多次联系我们，希望把他的作品推向国际市场。他是一位作家、评论家，在中国名头很响。我读过他的一些作品，但感觉更适合特定的中国读者，难以引起西方读者的兴趣。李敖锲而不舍，多次给我太太打电话，想要推进下去。我们考虑再三，最后说了声抱歉，还是把他拒掉了。

很多中国作家也希望自己的作品能走出国门，但他们想得太简单了。中国也有些版权代理人，也想把国内作家的作品推到海外，但由于行业不精，他们没找到正确的渠道。外国出版社大都有个版权部，但找到版权部没用，因为它不直接从事版权交易。应该找资深编辑，只有编辑先做出购买版权的预算，其他部门才会跟进。中国作者如果想在英美出版书籍，必须先和版权代理人签约，因为英美出版社不和作者直接打交道。作者还必须提供一个可读性很强的英译本，否则出版社连考虑都不考虑，又谈何出版呢？

中国有很多大学出版社，出版了许多学术作品。学术类的作者希望把自己的作品推到海外，并借助书评的力量，吸引到更多受众，但这种可能性太小了。不过，随着外国出版界对中国同行的了解越来越多，这种可能性也在提高。中国作者喜欢找外国的大型出版社，而我们更喜欢独立运营的小出版商。原因在于，如果他们接受一本书，看的不是赚钱与否，而是自己是否真正喜欢这本书。还有，按行业惯例，版权代理人与作者签约时，一般都要求作者授予独家代理权，并在合同中明确地写出来。佣金也是在合同中约定的，代理人按比例抽取佣金，一般是 20%。

除了以上这些，翻译方面也有两个问题。一，中国作者很难找到过硬的翻译人员，这方面的人才太少了。通过多年在行业中的了解，我们充分知晓优秀译者的缺乏。好在学习汉语的老外越来越多了，希望再过几年，这方面的问题能得到有效缓解。二，外国出版社要求，签订合同之前，作者必须提交出令人满意的译本。然而，中国作者以为，翻译费用应由外国出版社支付，不该让作者自掏腰包，但这样的想法很多时候在国际上行不通。

至于我们引进到中国的作品到底有多少，因为数目太多，我无法在此一一列举。为了让感兴趣的读者做参考，我附上一份作家名单。在下列作家当中，除了纳丁•戈迪默（Nadine Gordimer）的作品是部分代理，其余作家的全部作品都是大苹果代理的，如：约翰•马克斯韦尔•库切（J. M. Coetzee）、奈保尔（V. S. Naipaul）、谢默斯•希尼（Seamus Heaney）、德里克•沃尔科特（Derek Walcott）、沃莱•索因卡（Wole Soyinka）、威廉•戈尔丁（William Golding）、佩尔•拉格奎斯特（Pär Lagerkvist）、索尔•贝娄（Saul Bellow）、温斯顿•丘吉尔（Winston Churchill）、T. S. 艾略特（T. S. Eliot）、赛珍珠（Pearl Buck）、奥克塔维奥•帕斯（Octavio Paz）、鲍勃·迪伦（Bob Dylan）、石黑一雄（Kazuo Ishiguro）、约翰·班维尔（John Banville）、玛格丽特·阿特伍德（Margaret Atwood）、阿兰达蒂·洛伊（Arundhati Roy）、本·奥克瑞（Ben Okri）、安东尼娅·苏珊·拜厄特（A. S. Byatt）、托马斯·肯尼利（Thomas Kenneally）、艾丽丝·默多克（Iris Murdoch）、马克·哈登（Mark Haddon）、布鲁斯·查特文（Bruce Chatwin）、比尔·布莱森（Bill Bryson）、汉娜·阿伦特（Hannah Arendt）、拉尔夫·埃里森（Ralph Ellison）、威廉·夏伊勒（William L. Shirer）、托马斯·品钦（Thomas Pynchon）、彼得·马修森（Peter Matthiessen）、约翰·欧文（John Irving）、奥尔加·托卡尔丘克（Olga Tokarczuk）。

第五章

从台湾到大陆

第一节　故友相逢

我们和李景端社长，除了工作关系，还有一层缘分。有一次，他邀请我和太太到南京，参加一个版权签约仪式，并接受中央电视台的采访。那时，太太已经从台北来了大陆，她先回了趟祖籍探亲，然后在上海走访首批客户。我从台北经香港飞到了南京。

太太要从上海坐火车到南京与我和李先生会合。我俩一同到火车站接她，不料火车晚点了。那个年代，火车是经常晚点的。我俩不时聊着天，李先生问道："你太太的口音不像是台湾人，她祖籍在哪里？"我告诉他："福建省福州市。"李先生的祖籍恰好也是福州。

火车还没有到达，我俩继续交谈着。就在火车进站时，气氛发生了变化。李先生告诉我，他姐姐1949年从大陆去了台湾，因两岸不通，被长期困在了那里。他姐姐的遭遇，与我岳父陈鸣铮的遭遇相仿。

岳父是名国民党海军少将，我太太陈历莉是他的长女。1949年，美国赠送给中华民国四艘军舰。岳父当时尚在大陆，他被派去美国，把这几艘军舰带回来。轮船还没开到太平洋对岸的时候，他接到一个命令，要他在檀香山待命。三个月后，新的命令下达了，却要他把军舰带到台湾。这一去，他也被困在了岛上。待其重返大陆之时，几十年的光阴已飘逝了。

晚餐时，我们继续聊着"福州同乡"这个话题。李先生和我太太都不是在福州长大的，福州是他们的祖籍。在中国的文化传统中，家和祖籍并不是完全相同的两个概念，至今二者仍存在着区分。李先生不无遗憾地讲到，他和姐姐至今仍在离散之中。不过，随着姐姐及其子女移民到美国，亲人团聚指日可待了。李先生说，他姐姐叫一琣，问我太太在台北时是否认识这位同乡。太太说不认识。

回到宾馆后，太太仍有感于席间谈到的亲人相聚的不易。突然间，她想起小时候，有位姑姑叫一琣。次日一大早，她急匆匆打电话到台北，询问她的父母。结果得知，一琣是姑姑的小名，她正是李景端的姐姐！

世间之大，无奇不有。原本不相识的几个人，先是因工作结了缘，后来发现彼此离散四十年的亲人竟然是老相识。更离奇的是，我岳父和李景端的兄长也是老朋友，他俩也是四十个春秋没见了。就在我们这次南京见面后不久，他俩终于在广州再次聚首！

第二节　亲人团聚

我和太太于 1987 年 3 月 3 日完婚。从那一天起，我俩就知道：我们的未来不会在台湾，迟早有一天，我们一定会搬到大陆。但是，说起来容易做起来难，我们缺乏必要的信息，不知道如何办手续。同年 7 月，"戒严令"废除，台湾民众可以回大陆探亲了，这方面的信息才多了起来。

岳母建议我们从老家福州迈出"第一步"。岳母是位民国出生的女子，姓周名讳淑芬（英文名叫艾米莉·陈），生于长于上层社会，受过良好的教育。她父亲周亨甫先生原先也是一名国民党海军少将。周先生早年被国民政府派往英国留学，专攻造船技术，学成归国后，在江南造船厂任总工程师。

日军侵华期间，岳母和家人远赴重庆避乱。返回上海后，她在上海法商学院完成了学业。再后来，眼看着蒋介石要败了，岳母就先去了台北，为举家搬迁做准备。1949 年底，两岸彻底断联，她的娘家人却没能赶过去。

美军顾问团在台湾有个海军组,岳母在那里担任总秘书。退休后,她加入了大苹果,负责后勤、文件管理等工作。她和岳父祖籍都在福州,岳父有个姐姐,一直在福州生活。1989 年,她已经八十多岁了,历莉就劝她父亲尽早回大陆探亲,以免天人永隔。我和历莉安排好了探亲行程,并打算借这次机会,实地考察一下搬家的可能性。

战争,尤其现代战争,给人类社会带来破坏性的影响:经济萧条、生灵涂炭、妻离子散。自从有人类历史以来,战争就不曾停止过。荷马的不朽史诗《伊利亚特》和《奥德赛》,讲的都是战争。奥德赛流浪多年,饱受煎熬,才回到了家乡的怀抱,与亲人团聚。没有哪个国家没有遭受过战乱之苦,但只要迎来亲人重逢的那一刻,内心的痛苦就会被欢欣所取代,人们也会忘掉战争这个罪魁祸首。

1989 年 5 月,我们四人先飞到香港,看望历莉的大舅。他是岳母的哥哥,家在香港北角。我们住在他家附近的丽晶酒店。岳父是在台湾办的通行证,我和太太、岳母要去大陆的话,得在香港申请签证。从递交申请到办下来,一共要二十四个小时。签证下来了,允许我们从北京进入中国大陆,从福州回台。这是一个重大的变化。在这之前,我只能从北京出入。而现在,大陆任何一个有国际机场的城市都可以。

岳母和她的娘家人也是几十年没见了。她哥哥在香港，弟弟在澳门。一个毕业于清华大学，一个是上海交大的高才生。岳母还有几个妹妹，分散在中国好几个城市。一个在辽宁，嫁给了一位心脏科专家。一个在湖南，夫婿是名工人。还有一个妹妹在青岛。岳母还有其他一些亲人，但我认识的就以上这几位。

在香港的那位大舅，娶了位东瀛女子，娘家在北海道。这次团聚后不久，大舅给历莉打了个电话，问能否给在澳门的小舅找点翻译的活儿。历莉把我的《游牧帝国》给了他，并支付了一笔费用。小舅每翻译一部分，大舅就给他做校对。

过了些时日，大舅分别致电我岳母和历莉，对她们说：路克真有学问！以前，我给他说过我是研究哪些领域的，他们这才知道，我没有夸大其词。从此，岳母一家对我更是礼遇有加。岳父不但视我为己出，还经常和我讨论两岸的政治问题。

小舅译完了《游牧帝国》，译稿被从香港带到上海，我太太把它交给海南一家出版社，这家出版社转交给了北京的某位学者。这位学者在中国社科院工作，却不慎把译稿弄丢了。一共700多页，全是复印下来的，那时的复印成本可高了。海南的出版计划无果而终，但我没有介怀，因为此书的首版时间是1979年，我不希望这个版本继续流通。我打算做点修订和更新，然后再推出第二版。

在香港探完亲，我们要去北京看望历莉的四姑。四姑和她丈夫林志纯[1]住在长春，两人要坐火车赶过来。我对他们了解不多，只知道他们是中共早期地下党员。长春原先有一批援助中国的苏联专家，他们和这些专家合作甚密。

从香港起飞后，飞行得很顺利。那是中国民航（CAAC）的一架飞机，80年代初，老外充满爱意地送了它一个绰号：爱取消航班的中国航空公司（China Air Always Cancelled，CAAC）。这一次，乘务人员非常友好，服务和设施都有了大幅改进。乘客要填写的小表格，有中文的也有英文的，内容很清晰。英文用的是中式英文，很不规范，但现在已经改过来了。

飞机是准点在北京机场降落的。从第一航站楼一出来，我立即被眼前的变化吸引住了：大厅刷了一层军绿色的漆，小灯泡换成了大灯泡，非常明亮。窗户上也喷了新漆，既干净又美观。电梯不再是摆设，乘客真能上上下下了。到达大厅灯盏齐明，行李推车多得很，一个个紧扣在一起，连成了一长溜儿。边检和海关人员也不再那么板着脸了。我在飞机上觉得，一百多名乘客不算少，坐得很满了，可下了飞机，却没发现拥挤。大家按照次序，一

1 林志纯（1910—2007）：历史学家，中国当代世界古典文明史学科的奠基人之一，代表作有《世界上古史纲》等。

个个很快就过了海关。

我让太太他们在旁边等着，我一个人去取行李。回来后却发现，岳母和我太太面露焦色，急得不知如何是好。原来，岳父不见了！之前谣传有些国民党败走台湾的原军事高官回大陆探亲时被逮捕了。一想到这一点，太太和岳母更是急得六神无主。我快步走到海关，拿出岳父的照片，问一名工作人员。他把我带到一间问讯室前，面带笑容指了指问讯室的门。这笑容告诉我，没什么好担心的。

果然，不多时（两位女士可能觉得比一百年还要长），岳父就出现在我们面前了。他轻描淡写地说，海关人员是个年轻的小伙子，他俩很聊得来，只是这小伙子把我们从台湾带来的两罐肉松没收了。太太和岳母这才转忧为喜，深感庆幸。要是岳父真被扣下了，那她俩心里不得刮起五级台风？我和岳父作为男人，什么也没有说，只是笑笑。

出了机场，车子开得很慢，两个多小时才到北京饭店。这一路上，每个人都出神地望着窗外，他们三人偶尔才用福州方言交谈几句。岳父岳母终于回到生于斯长于斯的大陆了，四十年没见的大陆。可大陆的面貌变化太大，他俩都认不出来了！我小的时候，“二战”刚刚过去，从残损的建筑上仍能看到战争的影子，所以对于后来的变化，我也不感到突兀和吃惊，可我太太没经历过这些，她难以理解我们的心情。

到了北京饭店，工作人员却把我们安排到了旁边的北京宾馆，我们才知道自己订错了。我们订的是一个套房，有两个双人间。岳父平时几乎不喝酒，但那天晚上，他一连喝了好几杯威士忌。当然，我也陪着他喝了几杯。有单一麦芽威士忌却不喝，那可是极大的罪过！

我们和四姑早就约好次日在酒店团聚了，但我们不知道他们几时能到。北京某所大学按照访问学者的待遇，给他俩安排了住宿。那个年代，使用手机的人还不多。至于通信手表，这世上恐怕只有一个人戴过，即至尊神探狄克·崔西，只有在报纸上的搞笑卡通栏目里，人们才会看到他。

为了等四姑，我们一直待在房间里，等前台通知。终于，电话铃响了！前台却问我们："你们能不能到楼下接待来宾？"

我带上护照，和家人一起下了楼。带护照纯粹是出于条件反射，因为在苏联酒店见来宾的时候，酒店就要求我出示护照。前台拿出登记簿，让我们仨都签了名，还告诉我们，酒店晚上十一点关门，客人要在关门前离开。

重聚的那一幕真让人感慨万千！要知道四姑是中共党员，共产党成立不久，她就入党了，能和原国民党少将哥哥团圆，这本身就是政策变化的标志。岳父和四姑上来谈的就是陈家的家事，令我感到不寻常的是，他们直面1949年分离那一刻，就从那一刻开始往下谈。我听出了话题的不寻常，于是仔细聆听。提到一些亲朋的名字时，他俩说的都是小名，我对不上号，一会儿就听糊涂了。好在他们没说福州方言，大体内容我和太太还听得懂。

岳父和四姑夫妇开怀畅谈，我和太太就在旁边听。这真是生动的一课，让我俩长了不少见识，充分认识到1949年时的局势。纵观中国历史，那一年可谓惊心动魄，震荡悠远。当晚上床睡觉前，我没把他们的谈话记录下来，至今我还记得那些内容，但由于这是家事，我必须尊重其间的隐私，不能随随便便写出来。

第一天晚上，在天安门广场附近一家著名的餐馆里，我们请四姑夫妇吃了顿烤鸭。最后一个晚上，我们一起享用了鲜美的海鲜，那些海鲜是从天津运过来的。分离时长，相聚时短。次日，四姑夫妇坐火车离开了京城，我们一行四人乘飞机去了福州。在北京，我们见到的只是一代人；在福州，与我们团聚的是个三世同堂的大家庭。

现在，四姑和她的养女住在杭州。她很高兴离开了冰天雪地的长春。今年是2021年，她已经一百零五岁高龄了，我岳母九十五岁。两人都能自己走动，不用轮椅推！岳父也很长寿，他辞世那年刚好一百岁。岳父最小的弟弟在新加坡，活了一百零五岁。我们都说他是戒酒戒死的。他一辈子就爱喝啤酒，一日三餐都喝，且就认两个牌子：健力士世涛和老虎牌！在我太太的家族中，老一辈都很长寿，个个都是世纪老人！

四姑的丈夫林志纯，生前在东北师范大学任教。他是位蜚声学界的世界古典文明史学者。第一次见到他的时候，他正带着几位研究欧洲古代史的博士生，指导他们撰写论文呢。林先生和我谈起了古希腊的历史，我洗耳恭听，却没听懂，因为他用中文说的那些希腊词儿，听得我一头雾水。后来，我真想听一听这位中国学界公认的专家对西方文化史的看法，可他患上了阿尔茨海默病，这真让我深感遗憾。佛教界的朋友常说“下辈子”，既然这辈子留下了遗憾，那就等待下辈子吧。可是，现在气候变化这么剧烈，地球还能等来下辈子吗？

第三节 犹太难民

我母亲活了一辈子，也没等到和亲人团聚的那一刻。她的亲人早被纳粹杀害了。母亲的家乡在哥尼斯堡，那儿出了位名声响当当的哲学家康德（1724—1804）。1945 年 1 月 26 日，这个城市被从历史的版图上抹去了，1946 年更名为加里宁格勒，成了苏联的军事基地。

哥尼斯堡本是德国“龙兴之地”，普鲁士王国的首都。“二战”后，根据《波茨坦协定》，哥尼斯堡成为苏联领土。一碰到战争，人们什么都会失去，亲人、家园，甚至连自己的城市名都保不住。

我在很多地方都生活过，但无论在哪儿，我都没感觉自己是名难民。在他人眼中，我似乎是名“成功人士”。然而，难民这个词，指的不仅仅是一个人的血肉之躯，它也涵盖了这个人精神上的感知。在我的脑海深处，它已经深深扎下了根。同许多犹太同胞一样，我也被驱离了故土。就在那么一瞬间，既迅疾又残忍，我们的命运统统被改写，与骨肉至亲生离死别。有些孩子还很幼小，哪能意识到眼前发生的是什么？哪知道何时能再次投入母亲的怀抱？哪天能吃到母亲喂的食物，再次得到她的呵护？

在我那一代人中，很多人都失去了父母，又谈何团聚呢？那些至亲之人的性命，突然间就没了下落，湮灭在无从了知也无法了知的时间长河里。这是何等的惨绝人寰！你的心里始终带着创伤，总想着如何去治愈，却一点也不想付诸言谈，从来都不想。这样的心理问题，心理医生治不了，精神科医生也治不了，后者最多能帮患者处理一些记忆碎片。至于我三岁之前的生活，我什么都不记得了，除了“噩梦”所展现的这样的内容：我梦见自己赤着身子，在一条短小的街道上奔跑，两边的房屋都着了火，熊熊火光直往上冒。这难道真是我做的“噩梦”吗？还是我的记忆里隐藏着更令人怖畏之事？我不知道，甚至都不想知道。

战争中幸存下来的儿童，以及战后刚出生的儿童，都有同样的心理问题。中国的这类儿童也不例外。经过几十年的巨大努力，我的内心渐渐平复了。后来，接受了佛家“万物皆无常”的理念，我才最终得以释怀。但是，只要我的签证该续签了，我依旧忧心如捣。万一签不成呢？在中国，每三年我要续签一次。明知道能续签上，可那内心的担忧，依旧挥之不去。我能准确记住的日期，就是签证到期那一天。

在芝加哥居住的时候，我请过一位精神科医生，埃利·曼高比大夫[1]。他是一位黎巴嫩犹太人。在他的帮助下，以往的我得以构筑起一道防线，来对抗内心深处的恐惧。2015 年 9 月 2 日，叙利亚三岁男童艾兰·科迪溺死在土耳其海滩，一名警察不乏恭敬地抱起了他的尸身。看到这一幕，我多年构筑的心理防线一下子崩塌了。

艾兰·科迪是名小难民。他的祖国遭受着外来的侵略（不是内战），为了逃离战争的蹂躏，他的双亲带着他冒死一搏。同叙利亚、伊拉克、也门、苏丹和阿富汗数以百万计的难民一样，小科迪一家也成了战争的牺牲品。美国为了满足自己的"自我"，在这些国家挑起了毫无意义的战争，令众多平民百姓家园尽毁，流离失所。

现在，关于战争的一些图片、视频等，在网上都找不到了。我们在网上能看到的这个世界，已被净化处理了，人们无法从中窥知战争的真面目。战争是野蛮残酷的，是人性尽失的。战争造成致命的创伤、鲜血淋漓的死亡。血液最基本的颜色是红色，可战争告诉我们，从流出的血液来看，我们人类和自己的宠物、家禽等动物没有区别。战争不管动物的皮毛是什么颜色，也不管人类是

1 埃利·曼高比（Elie K. Mangoubi）：芝加哥精神科医生，早年毕业于布鲁塞尔自由大学医学系。

什么肤色，愣是把他们的身体毁成一截又一截。在战争面前，宠物也好，家禽也罢，都只是哺乳动物，就连我们人类，也只是哺乳动物中的一员而已。

看到警察抱着艾兰·科迪的那一幕，并非是导致我心理防线崩塌的真正原因。在他溺死以前，几百名逃难的母亲、儿童已经丧身地中海了。媒体发布了他们溺亡的图片和视频，但都没有提到亡者的名字和年龄。难道是小科迪的名字和年龄摧毁了我的防线？这位三岁男童，不禁让我联想到了自己。在我三岁那一年，我又在哪里？我是怎样活下来的？

小科迪的照片令我悲伤透顶，与此同时，媒体令我怒火中烧。一名三岁的男童怎能被叫作“移民”？让我们看看《牛津英语词典》给“移民”下的定义：为了找工作，从一个地方迁到另一个地方的人为移民。小科迪可懂得工作之大义？众所周知，他和父母都是难民。让我们再看看《牛津英语词典》给“难民”下的定义：难民是指为了躲避战争、公诉或自然灾害，被迫离开祖国之人。从 2018 年 8 月末开始，美国不再使用“refugee”（难民）这个词了，也不再使用“migrant”（流离之人），而是用“immigrant”（移民）笼统概言之。美国所指的移民，指的是“到另一个国家长期生存之人”。美国借用这个词，否认了自己发动的那些战争，把自己从道德和伦理的责任中开脱了出来。

年轻的英籍索马里诗人沃森·希尔[1]，为流离失所的难民写下了一首《家园》。她在诗中写道：

没有人日夜躲在大货车底下
以报纸充饥，除非这货车
能把他带到安全之地
没有人在边境铁丝网下爬
没有人想被击打
被人怜悯
你要明白
没有人把自己的孩子放上船
除非水上比陆上安全
……

小科迪的照片打开了我的记忆之锁。几天后，我又看到一个视频，也是关于叙利亚难民的，它让我记忆深处的一幕愤怒地涌现了出来。视频上的场景是这样的：在匈牙利布达佩斯，警方把成群结队的难民，包括老人和儿童，驱赶上一辆开往维也纳的火

1 沃森·希尔（Warsan Shire，1988— ）：英国作家、诗人，生于肯尼亚，其父母为索马里人。2013年获布鲁内尔大学创设的非洲诗歌奖。

车。几天后，火车才出发，可开到某个郊区火车站，就停步不前了。匈牙利人连一滴水、一丁点儿食物也没给他们。这听起来是不是很熟悉？这辆火车，跟开往纳粹死亡集中营的运牲畜的火车有什么区别？

我一遍又一遍看着这段视频：火车上的难民全都下来了，有稚嫩的幼童，有手拄双拐的年迈男子，有轮椅上羸弱的老妇人…… 他们朝着奥地利边境一点点挪动。我熄灭家里的灯，又看了一遍。两只狗卧在我脚边，它俩没像平时那样早睡，而是警醒地望着我，用自己的方式安抚我。这段视频让我感觉遭受了一场重创，心神无法集中，犹如一团乱麻。我不知道自己在黑暗中坐了多久，我就那么一直木然地坐着。

我忽然意识到，我也曾到过那个边境，我也曾亲眼看到过类似的一幕。记忆中的画面已经不太清晰了，我只隐约记得这些：在我面前有一片灌木丛，旁边站着一些妇女和婴幼儿，大家的视线都越过灌木丛，望着另一侧身穿条纹睡衣、脚着草鞋的憔悴男子。他们步履蹒跚，在厚厚的积雪中艰难跋涉。只要哪个男子倒下了，立刻就会传来一声枪响 …… 这是我两三岁时亲眼看见的一幕。作为大屠杀的一名幸存者，几十年过去了，直到黑夜里独坐的此刻，我才终于恍然大悟，明白了自己小时候看到的究竟是怎样的一幕。在积雪中跋涉的那些男子，就是被纳粹驱赶的“死亡队伍”。他们是死亡集中营里的囚徒，纳粹为躲避即将到来的苏军炮火，将集中营全部清空，驱赶着他们，朝德国方向走去。

我是一名战争难民。在几近一生的漫长时间里，我都是一名难民。看到叙利亚难民越过奥地利边境后欢悦的笑脸，我精神上的自由才得以降临。这些难民要经受的磨难远远没有结束，但他们起码不会被炸弹炸死，也不会被枪支瞄准了。然而，仅隔了三天，这个边境就被关掉了。

让儿童惊恐的事情并没有绝迹。在美国这个号称“自由堡垒”的国度，类似的事件正在上演。为打击美墨边境的非法移民，特朗普曾制定“零容忍”政策，造成大批儿童和父母被活生生分离。移民父母要么被扔进监狱，要么被立即遣送回拉美，随行子女另行关押。被关押到哪儿了？拘留中心。那哪是拘留中心？那是关成年人的集中营！

截至 2018 年 9 月 17 日，美国关押了 12 800 名移民儿童。在他们的有生之年，恐怕再也无法与父母团聚了。父母对他们来说，已经是形同虚设了。就连一些婴幼儿也被强行与父母分开，而他们的父母已经被遣送回去了。对于这些移民，美国联邦政府不做任何记录，想遣送到哪就遣送到哪。有几个年仅十岁的孩子，万般无奈之下，有的尝试自残，有的试着自杀。

这些惨剧让我想起了但丁的《神曲》。他描写的地狱共有九层，每层都给特朗普留了位置！同情心是人类习得而来的一种特性，纵使特朗普的心智不足以拥有同情心，可选举他的那些选民，就逃不出道德伦理上的终极责任了。那些移民儿童的可怕经历，将一直萦绕在选民心中。自拜登上台以来，美国国会仍很强硬，没有批准新移民法案（2021 年 4 月 5 日）。

作为一名战争难民，我在几近一生的精神世界里找到了平静。所以，我对这些移民儿童也抱着一线希望，希望他们也能找到重回人类的道路。

第四节　反犹主义

要是哪个人在我面前发布反犹言论，我可以用些颇为善巧的词句来回敬他（不能在此发表），无论是用英语、法语、德语、俄语，还是荷兰语、意大利语、西班牙语，都无妨。希望我无须用汉语来回敬！话又说回来，我从没感觉到用汉语回敬的必要，因为我的种族在中国是享有一定赞誉的，这让犹太人深感欣慰，毕竟在特朗普时代，反犹浪潮席卷了西方世界，否认大屠杀的言论也是甚嚣尘上。

在脸书（Facebook）平台上，出现了很多反犹言论的帖子。对此，众人纷纷指责，脸书却搪塞道：我们正在进行审查呢。但是，在美国“言论自由”的幌子下，这样的审查哪有力度可言？只会起到纵容的作用。发布反犹言论哪是在使用言论自由？这是故意歪曲事实。

想了解大屠杀历史的读者，不妨读一读普里莫·莱维的经典作品《被淹没和被拯救的》。莱维是位意大利犹太人，这本书是他的回忆录，以冷静克制的文字记录了他在奥斯维辛集中营的亲身经历。读了你就会明白，为什么特奥多尔·阿多诺说了这样一句话："奥斯维辛之后，写诗是残忍的。"一个人可以发布自己的观点，但不能与事实相违背。

脸书创始人马克·扎克伯格口口声声说自己是犹太人，心心念念的却是囊中的亿万美金。为了保住财富，他不惜否定自己的出身。依我看，他也不过是一介懦夫，只效忠于财神（Mammon）罢了。"Mammon"源自亚兰文《圣经》，它原本指的是财富，后来演变成了"财神"的代名词。那么，何为财富呢？经文说，就是一种"邪恶的影响"，或者"一个崇敬和奋力追逐的错误的目标"。从经文的原义来看，财富是带着贬义色彩的。

近来，欧洲反犹新纳粹势力有所抬头，美国媒体时刻关注着这一动向，我们欧洲人早就料到这会引来它们的关注。在美国，反犹情绪更激烈，种族仇视更严重，它们更应该把精力放到自己的国家上。特朗普推特治国，他发布的言论，更是让反犹态势进一步扩大，让种族问题更加恶劣。现在，特朗普已经下台了，可他仍公开支持种族主义，宣扬白人至上。在美国，只要不是白种人，不管你是黑人，还是黄种人，等等，统统都会遭到歧视。

我知道那些白人肯定不是盎格鲁-撒克逊白人，他们所在的国家才更令人忧心，因为那儿枪支泛滥，各式的都有，包括攻击性的步枪，拥有这种步枪的目的只有一个，那就是杀人。掌控美国的不是这些白人，而是盎格鲁–撒克逊白人。美国各地枪击事件频发，死了很多人，都成了流行病了，但因法律制约，美国疾病防控中心没法给这种病做诊断，也无法展开调查。2018 年 12 月之前，在美华人受到影响的并不多。自 2020 年疫情以来，亚洲人包括华人，就成了极端种族分子攻击的目标。就因为他们是亚洲人，有些就被开枪打死了。

为什么反犹主义甚嚣尘上？在欧洲，人们一贯责备犹太人，认为他们才是导致“二战”的原因。美国移民大都是欧洲人，他们一贯情绪紧张，带着一种仇恨犹太人的心理。这些移民说，世界上多达 20% 的人口是犹太人，是犹太人掌控着这个世界的金融、商业、银行…… 请问，这 20% 的人口是从哪儿来的？是美国中产阶级白人凭空想象出来的。用不了几年，世界人口就会突破 80 亿了。根据联合国等国际组织的可靠统计，犹太人口只有 1 470 多万，并且犹太人住得很不集中，分散在地球上各个角落。以前，我经常去上海某座犹太教堂。在安息日那一天，如果里面有 40 个人，那就很多了，其中一些还是来上海游玩的游客。

目前，很多国家都出现了新纳粹分子，尤其是美国。众所周知，在“二战”中，600 万犹太人惨遭大屠杀，但新纳粹分子否认这一史实，认为数目有所夸大：

> 犹太复国主义者声称，在“二战”期间，德国纳粹屠杀了600万犹太人，但从多个角度来说，这个数字都是令人无法接受的，因为“二战”期间，希特勒没有统治过欧洲的所有国家，欧洲的犹太人加起来也不过600万…… 大量资料显示，“二战”期间被屠杀的犹太人远少于600万。一些质疑的学者认为，真实数字应当少于50万。有些人甚至提出，被杀的犹太人只有区区几万名……[1]

且不说“二战”期间，单说“二战”快要结束的时候。当时，苏联红军已开到匈牙利，离布达佩斯很近了。有多近呢？红军的大炮都能打到城内了。就在这当口，匈牙利政府居然又召集了大批犹太人，约30万名，把他们全召集到布达佩斯，塞进运牲畜的火车，直接送到奥斯维辛集中营。一到那儿，这30万人就被毒气毒死了。这件事是有文字记录的，真实性也是无可辩驳的。在南京大屠杀中，日军杀死了30万中国人，数目与这批死难的犹太人差不多。

---

1 “二战”期间，希特勒控制了英国以外的几乎整个欧洲。—— 作者注

我相信，大屠杀的否认者一定也熟悉下列集中营：奥斯维辛、贝乌热茨、特雷布林卡、迈丹尼克、海乌姆诺、毛特豪森、索比堡、拉文斯布吕克、诺因加默、纳茨维勒…… 这些地方不是度假的夏令营，而是死亡集中营。被送到集中营的犹太人，要么刚到就被处死（女士和儿童优先）；要么稍令残喘，即施杀戮。很多人是在刚到集中营的第一天被毒死的，纳粹不留待过夜，当天就把他们送进毒气室，紧接着把尸体送进火化室，骨灰随便一扔了事。哪有尊重可言，哪考虑他们也是人类的一员。

我和母亲一样，也是一名大屠杀的幸存者！

大屠杀否认者信口雌黄，竟然说希特勒的军队没有控制住大部分欧洲。其实，在欧洲所有国家中，只有英国稍稍幸运了点。就连苏联都接二连三吃败仗！虽说英国整体上比较幸运，可伦敦就不走运了，被纳粹炸成了一片废墟。

德国人擅长保存记录，声名狼藉的纳粹也不例外。他们太精于此道了。犹太人不论男女老少，只要到了集中营，就被采集各种信息，名字、性别、出生日期、住址、职业、财产以及死亡日期等，全部登记在册。

至今，德国人还保留着这些记录呢，在德国国家档案馆就可以查阅。对此，大屠杀否认者一定会感到遗憾吧？还有一点恐怕也会让他们觉得遗憾：这些记录全是用德语写下来的。他们虽自称精通纳粹教义，却好似看不懂德文吧！1942 年 1 月 20 日，纳粹在万湖召开了一次秘密会议。就是在这次会议上，全票通过了灭绝欧洲犹太人的“最终解决方案”。就连这次会议的备忘录，在德国也是能查到的。

至于犹太人遭受的大屠杀，人人都可以表达自己的观点。但是，在无法驳倒的证据面前，你若否定大屠杀的事实，那就是在编造谎言，故意制造伤害了。大苹果引进的《巴巴罗萨》已于 2020 年在中国出版，有些读者可能已经读过了。为了打下苏联，纳粹德国制订了“巴巴罗萨计划”[1]。随后，德军开赴苏联，快速攻下多座城市，可谓一路高歌，差点就在东线取得全面胜利了。

1943 年 7 月，德军在库尔斯克发动最后一次大规模进攻。苏德两军都出动了大量坦克，这次战役就是“库尔斯克战役”，“二战”期间最大规模的战役，也是历史上出动坦克最多的一次。苏军拼死一搏，摧毁了德军 1 000 辆坦克。苏联也损失了很多坦克，但每损失一辆，就有四辆能补充上，而德国坦克一旦被摧毁，就没有能补充的了。需要强调的是，没有补充的了。

“二战”接近尾声的时候，冷战开始了。好莱坞大张旗鼓，开始进行软宣传，宣扬美国和其盟友打赢了“二战”。在太平洋

1 巴巴罗萨计划：纳粹德国发起的侵略苏联行动的代号，原名为“奥托计划”。

战场上，可以说他们打赢了。但在欧洲，能说是他们打赢了吗？1945年8月，美国总统杜鲁门下令，在6日和9日这两天，分别在广岛和长崎各投掷一枚原子弹。借助原子弹的巨大破坏力，美国在太平洋战场才算打赢了。一般的旅行团是不会去广岛和长崎浏览的。要是去了，就会看得目瞪口呆，就会认识到原子弹的破坏力是何等之巨，一分钟内生物死亡率是何等之高。

现在，既有犹太大屠杀否定者，也有南京大屠杀否定者。后者根本不承认南京发生过大屠杀，也否认日军在中国活人身上进行过生化实验，甚至说中国慰安妇都是志愿者！事实上，犹太女人之所以没遭受同样的折磨，是因为纳粹压根不把她们当人看。在他们眼中，犹太女人只是动物。纳粹党员、武装党卫军成员，尤其是后者，如果和犹太女性发生关系，就会被处以极刑！

从专业领域来说，我是一名历史学者，而不是写历史小说的作家。历史小说更好写，也更具阅读性，但真实的历史经常让人难以下笔，其残忍度让人不敢读！

2018年11月27日是犹太人的一个安息日。在西方传统中，基督教堂、佛家寺庙、犹太教堂、清真寺等，只要是可以祷告的地方，不管哪门哪派，都是神圣的，也都是不可侵犯的。然而，就在这一天，在美国匹兹堡的一座教堂里，犹太人正在举行宗教活动，一名白人新纳粹分子持枪闯了进来，射杀了十一名犹太人。

在欧洲，也有一些大屠杀否认者，也在想方设法灭掉幸存者。2018 年 3 月 23 日，巴黎的一位老奶奶米雷耶 • 克诺尔（Mireille Knoll）女士，就在自己的公寓里惨遭毒手。十岁那一年，她被驱赶到奥斯维辛集中营。在灭绝犹太人的大屠杀中，她侥幸免遭杀害。活到八十五岁高龄了，却没能逃出大屠杀否定者的魔手。克诺尔十岁那一年，我才三岁！

早期移民到美国的华人，同样有着一部辛酸的血泪史。他们也遭受了百般折磨，经历了千难万险。移居到美国的欧洲人就幸运多了。1882 年，美国签署《排华法案》，目的就是为了禁止华工加入美国国籍。连接美国东西海岸的铁轨就是华工铺设的。在铺设过程中，大批华工失去了宝贵的生命！同一年，就在铁轨完工的时候，《排华法案》开始实施。

“一战”期间（1914—1918），14 万名华工被派到欧洲做勤务，近 9 000 人葬身异国他乡。小时候，我徒步去拜访过他们的墓地！这些华工有的是病死、累死的，有的是被杀死的。比利时伊普尔市给他们安置了墓地，就在埋葬“一战”阵亡将士的地方。这些华工的坟墓鲜有人拜谒，但弗兰德政府维护着他们的坟墓。去伊普尔游玩的中国游客不妨过去祭一祭。我们弗兰德人对这些华工永远心存感激。

第六章

记忆之径[1]

这一章讲的都是过去的事。有些人已经离开人世了，有些景点已经改头换面了。想到过去的这些也是历史，为了记住过去，我还是写了出来，命名为“记忆之径”。—— 作者注

第一节　中国著作权法

要说我对中国最早的记忆，当然是 1982 年和 1984 年两次访问北京时的记忆。会议、远足等相关活动，前文已做了简短的讲述。1989 年 12 月 8 日，我再次去了北京，这次是和我太太历莉一起去的。我们在北京饭店贵宾楼住了好几天。

在这之前，为了保障两岸的版权交易能够符合国际上的做法，台湾和大陆都在制定著作权法。大陆还计划加入《保护文学和艺术作品伯尔尼公约》和《世界版权公约》。那时候，在国际市场上，大陆和台湾盗版都很严重，两岸都希望能甩掉这种不好的形象。

因盗版问题，我们在生意上遇到过不少麻烦。比如，某家海外出版社的作品未经授权便被出了中文版，只要这家出版社和我们谈生意，就会要求中国出版社做出补偿。我们说，中国出版社并没有违反任何一条国内法，并且在版权方面，中国的法律环境即将得到改善。但是，这种说法很难说服外国的版权所有人。

1989 年 12 月的某一天，中华版权代理公司总经理李奇先生打来了电话，问我们有没有中国台湾地区“著作权法草案”。听到肯定答复后，李先生便央我和太太把中国台湾地区的“著作权法草案”带到大陆来。

见面后，我们三人谈得非常愉快。我和太太不想谈《著作权法草案》的具体内容，毕竟这是法律工作者该做的事情。李先生向我们询问了很多问题，都是关于国际版权惯例的。其实，要想彻底弄通这些问题，必然要花很长时间去钻研，肯定也会走不少弯路，经历不少坎坷。到 1990 年 9 月 7 日，中国第一部《中华人民共和国著作权法》终于诞生了。

那段时间，我们和李奇一直没断联系。《中华人民共和国著作权法》于 1991 年 6 月 1 日生效。在签订代理合同时，面对众多出版商，我们申明了一个原则：先来先得。谁第一个签合同，那么这份合同就是“受法律保护的”合同。海外很多出版商都指出自己的哪些作品被盗版了，且都提出了索赔要求，我们不可能一一进行评估，更不可能查验哪家中国出版社盗版了，又是何时盗版的。

当时，中国大陆有三家大型出版社得到了国家批准，可以出版海外的作品。它们分别是上海译文出版社、江苏译林出版社和北京新华出版社。这三家出版社联系到我们，希望能签约到外国作品。我们的第一笔交易就是和新华出版社谈成的。虽签了约，但我们不但没有盈利，反而有所亏损。不过，对我们来说，这是可以接受的，毕竟我们做的不是一锤子买卖，而是想经营长期的事业。

之所以能和新华出版社做成交易，是因为该社社长曾担任过新华社驻外记者。他非常熟悉海外标准的授权流程。但结算的时候，新华出版社只能付给我们人民币，而我们和外国版权所有人要用美元结算。在国际市场上，中国的外汇券行不通。新华出版社申请不到美金，我们也无法用人民币换美金。怎样才能解决这个问题呢？

有道是车到山前必有路。在结算上，我们商定了一个解决办法：新华出版社应付给美国版权方的美金，由我们在台湾的会计代为支付。这两件事谈妥后，我们双方在合同上签了字，并顺利完成了结算。大家都很高兴，尤其是我们的会计。

在这之后，我们多次联系李奇先生，却怎么也找不到他。后来在出席新华出版社召开的一次会议时，我们才得知，李先生在北京遇到了车祸，不幸去世了。他的继任者有点难以对付。第一次见到他时，他给我们解释苏联时代的规则，那就是：中国就像苏联一样，只有政府机构才能从事版权业务。

听闻此言，我和太太互瞥了一眼，仍友好地和他交谈了几句，然后才离开了他的办公室。不过，我们没有因为这件事离开大陆。后来，随着时间的推移，我们和他相处得渐渐融洽了。

在大陆，从做第一笔版权交易开始，北京饭店贵宾楼就成了我和太太的基地。它是我们版权代理事业真正启航的地方。只要去北京出差，我和太太就会住在那里。去上海的话，就住日式花园酒店。后来搬到胡同居住了，哪怕只为回忆一番，我俩也会到贵宾楼看一看。记得上一次去是在 2017 年，我俩参加完北京国际图书博览会，去那里吃了顿自助餐。之后不久，北京饭店因改建，短暂关了一阵子。

结束本节内容之前，我说一说大苹果做成的一笔交易，即《斯佳丽：乱世佳人续集》的中文版权。我们是在《中华人民共和国著作权法》出台之前做成的，涉及的交易金额很大。《乱世佳人》的作者是玛格丽特·米切尔，它第一次出版于 1936 年，1939 年和 1961 年两次改编成电影（1961 年的更具持久影响力）。这部作品是“南方种植园文学”的代表作，至今仍很畅销，成为美国流行文化的一部分。

续集是亚历山德拉·里普利[1]撰写的。1991 年初，英文版甫

---

1 亚历山德拉·里普利（Alexandra Ripley，1934—2004）：美国作家。其撰写的《乱世佳人》之续集，取得了巨大的商业成功。

一推出，即炙手可热。中国有两家出版社都想拿到版权，一家是上海译文出版社（简体字版），另一家是台北的中华出版社（繁体字版）。当时没有电子版，只能打印和复印。全书打印下来共有800页左右。那么问题来了：怎样才能把稿件安全送到中国，既不丢失，也不被盗版呢？

其实，说简单也简单！我和太太直接飞到纽约，取了稿件再飞到上海和台北，亲手交给了这两家出版社。这本书成了《中华人民共和国著作权法》出台后，中国做成的第一笔有合法版权的图书交易。在这部作品所有的外文版本中，台湾繁体字版是第一个出版的。台湾和北京没有时差，但都比纽约早十二个小时！

现在，人们有了便捷的互联网，国内外快递也很方便，版权交易处理起来就容易多了。正是因为容易了，所以我们的业务量也比以前繁重了。最好玩的是，过去的工作方式已经不适应当前了。这难道是因为过去的时光更美好吗？并非如此。

第二节　长春—哈尔滨（1992 年）

接下来的两节，要写的是我在两次旅行中观察到的中国。一次是在 1992 年，我从长春去了趟哈尔滨。另一次是 1993 年，从重庆到武汉。那时的中国人还没富裕到四处游玩的地步。我是和太太一起去的，游玩的一些地方现在已经不存在了，之所以想把这两节写出来，是因为从我们的经历中可以看到中国的变迁。像我这个年纪的人，正一个个飞快地从这个世界上消失。1992 年和 1993 年，我和太太对中国大陆还缺乏了解，需要进一步的学习和探索。这两次旅行是我们在大陆最早的旅行。当时，我们仍住在中国台湾，但两次都是从北京出发的。

（一）国际版权会议

随着《中华人民共和国著作权法》的出台，中国政府趁热打铁，在吉林省长春市召开了一次国际版权会议，即国际版权贸易洽谈会。我们也收到了邀请函。当然，一收到邀请函，我们立刻就接受了。主办方也想给海外出版商发送邀请函，考虑到未必能收到回复，主办方就问我们："你们能不能帮个忙，邀一些外国出版商参加会议？"我们试了试，最后从英国、加拿大、德国和日本各邀请到一位。加上我和太太，一共六位外籍人士出席。

日本的这位出版商就是我们的合作伙伴汤姆·莫里。他是在哈尔滨出生的，汤姆的父亲担任过哈尔滨火车站的站长。这个火车站是中俄联合修建的，它是中东铁路的一个枢纽站。在伪满时期（1932—1945），这个站名义上归伪满政府所有，但实际上掌管它的是日本人。汤姆想到这个火车站看一看。另外，他还想碰碰运气，看能否找到他出生时的医院。日军撤回日本的时候，一小部分婴儿成功地被带了回去，汤姆即是其中之一。以前，汤姆就曾告诉过我们，因为他的出生地在哈尔滨，所以他内心觉得和中国很亲近。于是，我们三人一起飞了趟哈尔滨。

那是在 1992 年 6 月初，我们先飞到东京和汤姆会合。他拿出他母亲带回日本的所有文件，让我和太太翻阅。那时候，东京和长春还没有直通的航班。我们要从东京先飞到北京，再转机到长春参加会议。东京和北京之间的航程不算短，我们飞了将近四个小时。如果能乘坐韩国航班的话，时间上就能短些了，但当时的韩国领空关闭了中日之间的航线。

在北京机场降落后，机舱门一打开，我们立刻就发现通道上有些变化，通道上铺着的红地毯倒和原先我们看到的一样。机场没有重新粉刷，里面基本上没什么变化。唯一重要的变化是“氛围”，变得让人非常放松了。

经过边检人员身边，人们往往会有一种紧张的感觉。但这次，工作人员只在电脑上扫了一眼我们的护照、签证、出入境记录，就迅速放行了。他们竟然没问我们为什么来中国大陆。要说他们的态度，倒不能说很热情，也许是日复一日的枯燥工作让他们疲厌了，所以做起事来就图个快。几年后，边检改名字叫“入境护照检查”了，工作人员的态度才好了起来。到了 1998 年，我们觉得最友好的边检人员当属中国大陆的。

在提取行李的地方，我们察觉到一些变化（这块区域本身没什么变化，仍然很狭小，行李手推车少得可怜）。最大的变化体现在下机的乘客上。绝大多数都是中国人，既有大陆的，也有台湾的。金发碧眼的外国乘客在人群中显得很扎眼。在亚洲乘客中，最容易辨认的是日本人。从他们的衣着和拘谨的举止中，一眼就能认出来。中国乘客拥挤一团，来回穿梭，个个都在忙着取行李。

提完行李要去海关申报了。不需要申报的应该走绿色通道。反之，走红色通道。中国乘客可不管这一套。哪条通道短，就走哪一条！外国乘客如果有要申报的物品，需要在报关单上盖章，出境时得出示这个章。谁知，在我们去申报的时候，竟然没见一个工作人员。绝大多数乘客大摇大摆就走了出去，日本乘客犹豫了片刻才走了。

最乱的是到达大厅。公司职员、商人纷纷来接外国客人，都举着一块印着名字的牌子。还有些人是来接海外归来的亲属的，但这些人远比那些公司职员、商人少得多。

从机场到市中心的路仍是那条老路。我看到旁边正在修路，双向八车道的现代化公路。以后的车速会更加快了，人们沿途感受到的风景魅力就会消失了。路上跑着不少汽车，有上海轿车、红旗轿车，也有俄罗斯的伏尔加。当时，这些牌子的汽车还比较稀少。伏尔加是什么时候从中国的公路上彻底没影儿的？我怎么有点后悔没买一辆呢？哪怕就把它放在车库里。不过，没买也算是走运了。伏尔加没有因为日渐稀有而变得奇货可居。旧的伏尔加只能当废铁卖！

我和太太仍住在北京饭店。这家酒店没有辜负它的盛名，里面没有性格乖张的服务员，也没有粗暴无礼的员工。所有工作人员都彬彬有礼，给客人送上优质、专业、正式的服务，也都显得很自然，令顾客感到独树一帜。前台知道我要入住，可一看到我的中文名字和外表，竟然被弄糊涂了。他们以为我是中国人，怎知道眼前的人竟是个西方佬。他们原本想让我们按“老外”的价格入住，我和太太开了几个好玩的玩笑，就把这个问题解决了。

长期以来，我的中文名字总会把酒店员工弄糊涂。在中国，大苹果办公室的秘书为我安排会面，报的总是我的外文名“路克”。访客一到，就说要找路克。等见了面，要介绍自己了，我就说：“你好！我是吕光东。”客人一听，脸上总是现出惊讶之色，而我就趁机插科打诨。这很好玩。但是现在，客人也会拿名字开我的玩笑了。还有，外国出版商不知道我的中文名，一有中国出版商联系他们，他们就让中国出版商在中国直接找路克。中国出版商国内国外来回折腾，最后才发现要找的人竟然就在国内。我猜，他们也觉得这挺好玩。

为了赶飞长春的航班，早上六点钟，我们一行三人就离开了北京饭店，朝着机场驶去。长春离北京有一千多公里。约一小时后，我们抵达北京机场，出发大厅一派繁忙。送行的人为了给我们腾出一条道，一边不停喊着“贵宾、贵宾”，一边把我们带到最前排。他们还帮着快速办理了行李托运，过了安检，并把我们带到贵宾室休息，在那儿等待登机。汤姆看上去早就习惯了这种待遇，我和太太还没经历过呢。有意思的是，当年是1992年，坐飞机的乘客竟然那么多，多得真令我诧异！

透过贵宾室的窗口，我看到停机坪上停着几架飞机，机身上喷的仍是中国民航的旧标识。我们要乘坐的航班是北方航空公司的，飞机是一架麦克唐纳·道格拉斯公司全新的客机。登机的那一幕令我没齿难忘：不经过廊桥，而是穿过停机坪，直接走上了飞机。这倒没什么，可问题是，我们不确定自己上的飞机到底对不对。这么多年过去了，我仍没弄明白当时的门道儿。飞长春的乘客在同一个登机口等待。飞南京、上海和西安的乘客竟然也在同一个登机口。不管怎样，我们没上错飞机，也没弄错航班，这趟航班按时按点起飞了。

从内部的布局看，机舱只考虑经济了，有点斯巴达之风，和美国的通勤飞机差不多。这趟航班不提供餐饮服务，只给了免费的饮料、热茶和包装好的小零食。对于只有一个半小时航程的航班来说，这是再正常不过了。从台北飞香港的航班，用的时间也差不多，但供应两套热餐，乘客可任选其一。并且，无论你什么时间飞，都有热餐。至于热餐口味如何，很少乘客会承认确实可口，我可能就是少数中的一名。虽是如此，在飞机上，我还是经常拒绝享用！

从飞长春的这趟航班来看，大陆已经懂得如何应对竞争了。第一次乘坐中国民航的飞机（从北京飞香港）时，我就发现中国人学东西非常快。在这趟航班上，空乘人员都彬彬有礼，且乐于助人——当时尚无头等舱、商务舱——与我们以前在中国乘坐的航班形成了鲜明的对比。我们前面坐了好几排乘客,其中有一位女乘客,病得很重,都需要采取输氧等医疗措施了。从她身边亲人的衣着来看,他们应该是生活贫困的农民。亲人带她去北京,可能就是为了看病,怎奈回天乏术,只好返回家乡。

空乘人员对她关爱有加,让她充分感受到人与人之间应有的尊敬,以及生命的尊严。她看起来也就三十几岁的样子,最多四十出头。病得太重了,能活着一口气撑到家,就算是万幸了。

中国人临终的时候,一般都有亲友陪伴。西方世界却不是这样,尤其是美国,流行悄无声息的孤独死。既然说到死亡了,那就捎带着说说我的身后事吧。我希望,在我的葬礼过后,大伙能开个非常大的派对,各种美食应有尽有,白酒、葡萄酒成堆,再播放点音乐。播哪支曲子呢?就选莫扎特的《小夜曲》吧。为什么选这首曲子?因为它华丽典雅,很让人提气。

长春机场很小,在我们降落的时候,天上正下着雨。机场空空如也,一点也不拥挤。我们坐的飞机是当天降在停机坪上的唯一一架。远处停了三架俄罗斯的飞机,都带螺旋桨,甚为老旧,很可能已经停飞了,所以引擎和锥状的机鼻上都盖着一层防水的帆布。从一个老旧的机尾来看,明显能看出它是一架安东诺夫(Antanov)。也许是因为当天乘客很少,所以取行李既快又顺利。我们只遇到一个问题,行李手推车太少了,我们没捞上。过了一会儿，当地的朋友开车来了，按贵宾待遇把我们接走了。我没看到那位生病的女士下飞机，也许她是被救护车接走的。在死亡面前，每个人都是渺小的凡人，概莫能外。为了她，我在心里默默地念诵起《迦底什》。

长春机场的航站楼很破旧。接我们的几辆奥迪车是崭新的，与航站楼形成了鲜明的对比。它们是在中国生产的！有奥迪开，车主感到很骄傲，可因为车小，对我们来说有点麻烦：他们缺乏与外国游客打交道的经验，没考虑到我们带了很多行李。我们问，怎么不开辆小货车呢？他们答非所问：现有的货车都是从日本进口的。

奥迪公司接管了俄罗斯伏尔加在中国的老工厂，把它变成了奥迪 100 的生产线。中国生产的奥迪汽车不存在任何质量问题，在潜在的出口市场上，自能站稳脚跟。车主们有理由骄傲！要是机场外的道路也不错的话，那就更好了。可一出机场，就是泥泞的小道，坑坑洼洼。我们足足颠簸了十分钟，才开到一条通往市中心的主道上。

在这之后，我再没坐飞机去过长春。同中国所有的城市一样，长春的变化也一定非常显著。在这世界上，我和太太希望再次拜访的地方太多了。还有太多地方是我们一次也没有去过的。就算花掉一千周时间，每天都在旅行，我们也无法见到地球上的每一个角落。

2021 年 4 月，我和太太去河南洛阳和开封旅游。河南地处中原，面积不小。现在我感觉，如果一个人不在中国住上一阵子的话，他是无法理解中国的。若是只去新城市，你“感受”不到这个国家。到目前为止，中国的几大古都，我已经游一遍了。洛阳和开封底蕴都很深，以后若有机会，我一定再去看一看。

也许是因为当天下雨的缘故，道路两边的风光都很一般，毫不动人心魄。放眼望去，到处灰蒙蒙的。大地很平坦，但泥水横流。道路很窄，单向只有两个车道。当时，中国北方的道路基本上都是这样的。路两旁栽着挺拔的杨树和白桦。从年轻时候起，我就没见过这样的树木了。这风光让我想起德国北方的平原，只是那儿的树木更稠密。路两旁还有些农家的房屋，看上去都很小，但很干净，住起来估计也很方便。虽然没有我们想象中的舒适，但也不像外国媒体说的那样脏乱差。在真正到达长春市之前，我们走的这条主路是唯一铺过的好路。在延伸出去的那些小路上，干土都被雨水淋成了湿泥巴。

长春和中国别的城市不一样，郊区的农村和市里没有明显的过渡。所以，这座城市以前一定有城墙。很明显，长春没有为了拓宽道路，把一片片的老房子全拆除。这也让我想起了一些带城墙的老城。同长春一样，那些老城的某些街区也坐落在城墙的外面，大多数房子都很老了，好像是20世纪二三十年代的老房子，甚至更早。

突然，我们开到了一条三车道的大街上。这条街的“盛况”让我毛发直竖。在外侧的两条车道上，既有熙熙攘攘的行人，也有很多骑自行车的，横七竖八开两轮摩托车的，偶尔还有一架架毛驴车颠簸而过。在中间的车道上，一辆辆小汽车、公交车、大卡车，还有蒸汽驱动的拖拉机川流不息。这条街不是单行道，正面碰撞的危险系数太高了。可当地人如履平地，似乎早就习惯了。如果某个司机按了喇叭，他不是要警告迎面而来的车辆，而是提醒外侧的行人。按完喇叭，他就打开转向灯，猛地来个急转弯。后来，随着中国各方面的发展，交通规则也有了大幅改善。交警部门明文要求，在申请驾照前，必须先学会交通规则。如此一来，交通当然就顺畅很多了。

离开机场大约四十五分钟后，我们快到南湖了。会议要在南湖宾馆召开，我们也被安排在这里住宿。南湖宾馆是省政府招待所，也是吉林省的国宾馆。用英文叫的话，就是简简单单一个“hotel”（宾馆）。难道名字里头也有说头吗？宾馆大门前是一条宽广的大道，叫南湖大路，有十公里那么长。两边各有几排参天古树，向外延伸了至少三十米，绿荫叠翠，蔚然深秀。可我发现，整条路上的门牌号只有一百个。一些没看见的豪宅、别墅等建筑，可能就隐藏在大路两边。南湖宾馆现在还开着呢，它有着辉煌的接待历史。在我们开会的时候，上一位在这里住过的国家领导人是邓小平！嗯，这真好，太好了。

车开到南湖宾馆前门了。一眼就能看出来，这绝不是一家普通的宾馆。大门上方有一颗巨大红五角星。主楼是一座四层的翼形建筑，典型的仿明代宫阙式建筑风格。在整座宾馆的地界上，到处是一些外观朴素的“小农舍”。但仔细观看，才发觉根本不是。我们更应该给它们贴上“小宫殿”的标签。这些“小宫殿”年头已久，应该是历史遗留下来的。按照主办方的安排，我们老外住在主楼的最上一层。里面的套房都是宫殿式的！这让我想起了在列宁格勒住过的一个酒店，名叫阿斯托里亚（the Astoria），里面的房间也是宫殿式的。

可是，一住下来，我才感觉自己住的不是宾馆，而是一家青年旅社。它离市中心太远了，你只能原地待着！这对我们三个人来说，绝对是一种全新的体验。还有，房间门上竟然没钥匙！你要想从外面开门，得去前台叫服务员。那位服务员是个女的，有一定年岁了。她不明白客人为什么要锁门，所以一边开锁，一边不情愿地嘟囔着。在阿斯托里亚酒店，开门也得找服务员！在南湖宾馆，夜里睡觉的时候，倒是可以在里面落锁。

一直到次日早上，我都感觉自己成了一个穿越时空隧道的游客。隧道一头是20世纪90年代的南湖宾馆，一头是70年代的阿斯托里亚。在这个二十年的时空隧道里，我来回穿梭。那时候，后者所在的城市还叫列宁格勒呢！其实，南湖宾馆除了服务风格外，别的都没有受苏联的影响。里面不光能喝上茅台，也有伏特加！那可是纯正的俄罗斯伏特加。

接下来，就是真正地回首过去了，回首二十年前中国的样子。在这二十年里，中国的变化太激烈、太迅猛了，人类的大脑还没来得及适应呢。

住在南湖宾馆这家“青年旅社”，我感到最有趣的一件事，就是餐饮上的安排。作为外国顾客，我们感到有点不适应。宾馆的餐厅非常大，每天三顿饭，每次都是集体用餐，不能点菜。每张桌子上摆的都是同样多的杯盘碗碟，上的菜也是完全相同的。阿斯托里亚也是苏联的国宾馆，餐厅供应酒水。南湖宾馆就不一样了，餐厅一点酒都没有。午餐、晚餐吃的不一样，但都是按照相同程序上桌的。

至于早餐，清一色全是中式的，这是我最难适应的。大米粥、豆浆、牛奶，还有一种勉强能叫作“咖啡”的热饮，最多算是咖啡衍生品。不过，既然喝不到纯正的好咖啡，这种衍生品也颇能令我接受。它让我在时空走廊里又穿越了一回，回到了20世纪三四十年代。

那时正值“二战”，人们找不到咖啡，就用烘烤过的菊苣根，冲泡成“替代咖啡”。虽然是替代的，总好过没有啊。第一次喝真正的咖啡那一年，我才五岁。从那以后，我就爱上了用咖啡豆磨成的咖啡，用真正的咖啡豆磨的！在南湖宾馆就餐的时候，我注意到餐厅也没上茶，但我猜测，里面一定有茶。

就餐时间规定得很严格，早餐是 7:00—7:30，午餐 12:00—12:30。午餐一过，就是午睡时间。其实，这种时间安排得很合理。只是，老外没有睡午觉的习惯，这段时间该怎么打发呀？那就只好到室外散散步了。晚餐时间是下午 5:00—5:30，这一顿你得吃饱，因为到次日早餐之前，都没有东西吃。晚餐种类繁多，都是温热的饭菜。

晚餐的时间比较早，与会的中国出版人好像都很喜欢这样的安排。早早就能把一天给打发了，他们真的很开心。我们和中国出版人住在不同的楼上，每天晚上 9:00—9:30，他们就回房间就寝了，所以下午 5 点钟用晚餐也不早。我不知道他们什么时间起床，因为我早上起不来，没吃过早餐，几十年都没养成吃早餐的习惯。

一到晚上，我们仨就去酒吧喝点酒。这个酒吧更像是个“替代酒吧”。里面有各式各样的酒水，也有不含酒精的饮料。我们天天逗留到夜里 11 点才离开。对别的顾客来说，这个时间应该是很晚了。当然，对于我们的夜间消遣，酒吧工作人员非常配合，因为一晚上我们花掉了 700 块人民币，是当时日均工资的好几倍。我们仨就坐在那里喝喝酒，聊聊天。除此之外，也没有别的事可做。

我们是由于公务来长春的，但公务不是我们的头等大事。实际上，只半天工夫，开幕式就结束了。开幕式是在宾馆门口的露天台阶上举行的。在我有生以来，或者说，在我的整个代理生涯中，这是我第一次见到国际版权会议在军乐队的伴奏中开场。吉林省的一位副省长莅临，并上台讲了话。当然，我们感到有些吃惊，但一看到中国与会人员脸上的骄傲，我们马上就理解了。毕竟，这次会议是中国政府特意安排的。为了能让中国在国际版权舞台上显露身姿，政府才精心搭建了这个平台。他们理应感到骄傲。

但是，当与会的中国出版商把出版的书交给我们的时候，我们仨又一次发现他们经验上的不足。他们以为我们想买书，却不知道我们是做国际版权交易的代理人（literary agents）。他们感到非常疑惑："你们只是想代理，却不想买我们的书籍？"在当时的中国，"版权代理"这个概念，解释起来非常难。在茶歇时间，我们喝着咖啡，共同探讨了国际版权交易的流程。太太和汤姆都说，中国人擅长学习，且学起来很快。我同意这个说法，我比他俩更熟悉中国底蕴深厚的文化。

从这次会议召开时算起，迄今快三十年过去了。在这三十年当中，中国国有出版社的出版商，以及文化公司的出版商，都已经发展得非常专业了。西方把这样的文化公司弄错了，叫它们“私人出版社”，因为它们自己没有国际标准书号（简称 ISBN），要从国有出版社获取。现在，已经反过来了，变成海外出版商不了解中国了。他们好像一点都不知道中国读者想读什么。回首 1992 年，当时的中国出版商还有个漫长的学习过程。三十年河东，三十年河西。现在，轮到西方出版商学习了。在西方出版界，几乎没有一个人能读懂中文；至于够格的中译人员，更是少得不能再少了。就算某个西方人能读懂中文，他就能从事中文翻译吗？其实，不只是中文，所有语言的翻译都一样。即便你会说外语，也能读懂，可这不代表你就能完美地翻译出来。

（二）溥仪皇宫

开会期间，主办方给我们安排了几次短途旅游。在 1992 年，作为省会的长春不算美，到处尘土飞扬。但在 20 世纪的世界舞台上，它却名噪一时。日本的傀儡国，即伪满洲国，把“都城”设在了长春。作为“都城”的长春是很短命的，如同昙花一现。在我去的那一年，伪满国务院的办公楼已经成了吉林大学医学院的教学楼。

清朝末代皇帝溥仪，也是伪满洲国唯一一位皇帝。傀儡皇宫即溥仪皇宫，就坐落在长春，至今还留着呢。1987年，贝纳尔多·贝托鲁奇执导的电影《末代皇帝》上映。有人说，全部场景都是在这里完成的。真正的电影迷都知道，大部分取景地是北京紫禁城。

溥仪皇宫远离市中心，主办方派车安排我们去参观。长春市中心的街道太窄了，空中、地上全是尘土。从市容来看，这个城市的经济比较落后，还没有得到全面发展。在市里，还有日军侵华期间留下的遗址，比如一座日式城堡建筑，它是原关东军司令部。以前就有人说，它是日军情报部的总部。日本多次侵略中国，中国人憎恨日本人情有可原，但中华民族是个务实的民族，他们没有摧毁这座日式建筑。

溥仪皇宫是一座典型的中式宫殿，外墙贴的是灰色的花岗岩和大理石。导游一边带我们参观，一边讲述溥仪生前的故事。这个男人和三个老婆住在同一座小楼里，日子一定很不好过。他们几个的房间几乎都挨着。皇宫内摆的家具都是仿制品，但从中仍可以体味到溥仪当时的生活境况。

溥仪失去自己的大清帝国后，在日本人的扶植下，建立了伪满洲国。事实上，他既是日本人的一名俘虏，时代的俘虏，也是他自身背景的俘虏。“二战”结束后，溥仪还未搬到主殿，伪满洲国就已经灭亡了。日本人好像一直不同意让他搬进去。离开这座伪皇宫之后，曾经的九五之尊降格成了一名凡夫俗子。大清帝国是中国的最后一个帝国。末代皇帝爱新觉罗·溥仪命运多舛，一生大起大落。人们思之量之，难免唏嘘不止。

离开溥仪皇宫，在返回南湖宾馆的路上，我们遭到了“暴风雪”的袭击。当时是6月，室外温度十八摄氏度。怎么可能下雪呢？原来，满天飘的是杨树飞絮，当地人称之为“六月飞雪”。车外全是杨树，太多了，成千上万棵的样子。每一棵都开着花，飞絮漫天遍野，四处飞舞。落到大街上，街上一片白茫茫；落到田野里，把青草都覆盖了，只依稀露出点草尖。要不是想到当时的气温，我还真以为下大雪了呢。

当地人一提起杨树飞絮，就烦得不得了，真想把杨树都砍了。我希望没砍掉。后来，我再也没有去过长春。即便再去一次，恐怕我也找不到当年看到的那些地方了。在过去的二十多年里，中国的变化实在是太快了，太彻底了，长春不可能没有发展起来。总体来说，这座城市留给我的记忆是非常美好的。

（三）松花湖名胜区

次日，主办方带我们去游览松花湖名胜区。湖区位于长春市东约220公里处。从湖区往南一直走下去的话，就到朝鲜边境了。日本人叫这个湖为“松花江上的湖”，西方人称之为“麒麟湖”。它是日本人建造的人工湖，当年为了给吉林省及周边地区提供电力，日本人还在湖上建了个很大的水电站，即丰满水电站[1]。

因为要游览一整天，大家早上6点就吃早餐了。6点半出发。考虑到下一顿不知要到什么时候，我们仨也起了个大早，吃了顿早餐。出门在外就别考虑太多了。既然有现成的早餐，那就赶紧吃吧！在国外，有些老外很喜欢喝日本的“麒麟啤酒”。他们知不知道这种啤酒是在中国生产的？在吉林，我们没喝到“麒麟啤酒”，喝到了“吉林啤酒”。

驶出长春城外，但见一派平原风光，一眼望不到尽头。农田广阔，大片大片平铺开来，尽头是一排排高大的树木。那是些秀美的桦树，以及亭亭玉立的白杨。白杨堪称挡风的利器。每过一段距离，就能看到一片侵蚀严重的田地，已经不适合耕作了，只能放牧牛羊。我完全没有料到的是，在如此边远的北方，竟然能看

---

1 丰满水电站于1937年开工建设，建成后运行了八十年，有中国“水电之母”“水电摇篮”之称。因安全隐患问题，2018年12月，老坝被爆破。在距其原址120米处，新坝已落成。

到很多小块的稻田。东北的土地太辽阔了，一路上没看到多少个村庄。离延边朝鲜族自治州还有一段距离的时候，我们从几个小村庄边上掠过，村牌上写的是朝鲜文。村民主要是朝鲜族人。

现在，韩国人的一些做法让中国人难以接受。有些地盘明明是中国的，韩国人却硬说是自己的。就连中国的一些传统节日，如端午节、中秋节，历史都非常悠久了，可韩国人愣是说这些节日都是自己的民族创建的。

在长春参加会议的人员中，有几个就是延边的朝鲜族人，他们和我们坐的是同一辆车。与会的朝鲜族人和汉族人，都是中国人。双方都非常有礼貌。

后来，我去了延边好几次。有次，我是从辽宁丹东出发，坐车到图们市观光的。丹东在鸭绿江边上，而延边下辖的图们市，地处图们江下游。多年以来，我走访过很多少数民族地区。这些少数民族不是汉族，但都是中国人，与汉族有着很多相同的地方。有些风俗差异很大，很多少数民族也有自己的母语，但他们也都会说普通话，只是听上去有些地方口音罢了。

去松花湖的途中，我们先后路过两家养殖场、一家人参种植场，便停下车来，进去参观了一番。其中一家养殖场养的是梅花鹿，另一家养的是水貂和银狐。养水貂和银狐的目的，是为了出口貂皮和狐皮。这家养殖场看着很有意思，人们通过饲养野生动物,谋取商业上的利益。最近几十年,很多西方人,尤其是英美两国的人,严重抗议这种行为,还不惜使用暴力手段,硬生生把笼子里的水貂放了生。其实,笼中饲养过的这些动物,已经丧失了自行觅食的能力。放生才是更残忍的行为。我个人宁愿看着它们在笼子中苟活着,也不愿看它们在野外惨遭猎杀。

有些人就喜欢穿皮草。真皮衣服的确能抵御寒冷,以前我也穿过一件皮大衣,海狸皮的。室外温度低到零下三十五摄氏度了,只要一穿上它,就觉得非常暖和!你要是把穿皮衣当时尚,那就是愚蠢了!

我和太太觉得那个养鹿场非常有意思。它半掩在一片茂密的小树林当中,门前是一条弯弯的小道,旁边是一个美丽的湖泊,湖水清澈如明镜一般。湖水中有一艘捕鱼的小船,船夫撑着船桨,慢慢划着,船尾拖着一个锥状的渔网。湖上还飞过一群蓝灰色的鸟。这种鸟的尾翼呈蓝色,尾羽部分都展开了,形状就像半个彩虹。要不是我们这群人粗暴地闯进来,这块地方真是一个世外桃源。那景色太美了,就像一幅中国山水画。要是能单独行动,我和太太就不去养鹿场、人参种植场了,就想在这块引人入胜的地方好好徜徉一番。可接下来,大队人马要转到下一个目的地了。作为其中的一员,我俩不能开小差。

在过去那个年代,有些路修着修着就断了,好像人突然没钱了一样。我们坐大巴回吉林市，走的那条四车道的高速公路就断了。大巴无法前行，只好向左转了个九十度的弯。后来很多年间，我们见到不少这样的断路，不知该往哪儿走。中国的现代化道路建设，规模太庞大了，不是两三天就能完工的。

几年后，我和太太又上了这条公路。它已经完工了，成了一条现代化的高速公路，有很多个平缓的出口，往外通的道路也都修好了。有那么十几年的时间，我们每到一个地方，都能见证到中国的道路建设。现在是2021年春天，我们感觉中国的道路体系在世界上首屈一指，无论是城市里的道路、城乡路，还是省际公路，都是最上乘的。1992年第一次去吉林市的时候，路况真不算理想。

就在大巴急转弯之前，来了一辆警车（可能是政府特意安排的）为我们开道。警灯一路闪烁，还拉起了刺耳的警笛。一名交警把头伸出窗外，大声喊着，让行人走到一边去，但路人不听。有些中国人无视交通规则的能力是非凡的，好像路上压根就没有别人一样。大巴在拥挤的马路上一点点往前挪。突然，迎面驶来一辆大卡车，差点撞到大巴上。那一幕真把人吓得灵魂出窍，卡车司机可不像交警那样在乎。

另外，大巴车座位上的弹簧也太差了，好几次差点把我们从座位上颠下来。车上的中国人好像习以为常了。我们几个老外都紧张得要命。好在四十五分钟后，我们毫发无伤地开了出去。要不是警车开道，恐怕用两个小时，也出不了吉林的地盘吧？

在当时的年代，中国的卡车、小汽车多了起来，有些中国人没驾照也敢开车上路。这让我想起比利时的1954年至1964年的状况。那时，“二战”已经结束了，经济开始好转，人们就开始买车了。当时的交通堵塞究竟到什么程度呢？连交警都袖手旁观，不想管了。这是我在比利时亲眼见过的。后来，还是司机们意识到，只要每个人都能遵守交通规则，秩序就会好起来。比利时的交通就是这样变好的。

之所以提到这些，是因为中比两国的交通规则基本上是相同的，只是年龄限制不同。我和太太申请中国驾照的时候，交警对我们说：你们有比利时驾照，不用考试了。在中国的所有外国人中，想拿驾照都要考试，只有比利时人是例外。人们一旦富裕了，就想着买汽车。比利时总人口只有1 200万左右，而在我居住的上海市，人口都快2 500万了！交通拥挤程度自然是不同的。

一出吉林，我们就开到了松花江畔的一条大路上。这条路上树木密集，枝繁叶茂。十五分钟后，我们看到一座雄伟的大坝，横亘在松花江上，它就是丰满水电站。大坝最上面有两个车道，相当于一个桥面。这个水电站是日军侵华期间建造的，一定不是给有恐高症的人建的。桥面离水面有一百米！因年久失修，大坝岌岌可危。桥面上坑坑洼洼，两边还没有安装护栏。中国人一定不会因为日本人建了这个水电站就深情地怀念他们，因为在施工过程中，一万多名中国劳工丧生了。

“一万”这个数字，在汉语中有着双重含义。一是指自然数10 000；二是形容非常多、非常远等，这层意义更具哲学意味。在当今的中国，年轻一代竟然也知道丰满水电站建造期间伤亡劳工之多，这说明在整个东北，日军一定没干过好事。

当天中午，我们是在一家政府招待所餐厅进的餐，我忘了这个招待所的名字了。餐厅就在招待所的边上，上下两层，下面一层就是几根高高的水泥柱子，把二楼擎了起来。餐厅的窗户正对着湖水。湖水满的时候，风景一定甚美，但我们所看到的湖水，下沉了二三十米不止。有块湖底长满了青草，几头奶牛正啃得津津有味。餐厅比这个湖维护得稍好些，但两者都缺乏应有的魅力。不过，随着美味佳肴陆续上桌，缺失的魅力自然就弥补上了。

这顿午餐吃的是全鱼宴，用八种不同的湖鱼做的。我记不全种类了，只记得最后上来的是条鲟鱼，个头很大。这是我第一次吃鲜美的鲟鱼。在苏联的时候，我就没见过鱼，那儿的鱼子酱倒是非常不错，我很喜欢。在这顿午餐中，酒水也很吸引我。上了很多吉林啤酒、红葡萄酒，大家随便喝。午餐过后，气氛非常欢快，有人引吭高歌，有人跳起了舞，其余的人都端着啤酒，开怀畅饮。

这一顿是与会人员的最后一次聚餐了。下午 5 点钟左右，我们坐车返回了南湖宾馆。

(四) 哈尔滨

与会人员有的来自中国，有的来自韩国、西方国家。第二天，他们全部离开长春，各自往家赶了。我和太太，还有我们的日本朋友，要前往黑龙江省哈尔滨市。黑龙江省政府新闻办公室负责接待我们，并把我们介绍给哈尔滨的出版商。新闻办公室在一家国际饭店给我们安排了住宿，也安排了市内观光，尤以参观俄罗斯风格的建筑为重点，比如风貌地道的俄罗斯东正教教堂[1]。

等到了哈尔滨，我们就能花上一天时间，去火车站那一片处理私事，但总得先去了再说吧。去那儿要坐火车，我们手上没有火车票，得到长春火车站去取。离开南湖宾馆的时候，是一辆黑色奥迪送的我们，行李是被一辆米黄色的面包车送过去的。这是一种小型的运输车，因状如长方形的面包，中国人称之为面包车。一到长春火车站，有人就把火车票交给我们了。长春之行是

1 即圣索菲亚教堂，建于 1907 年，曾为远东地区最大的东正教教堂，也是哈尔滨市标志性建筑。

北京那边的人安排的，哈尔滨的行程是哈尔滨市安排的。他们可能没有对接好，我们也弄不清到底谁是东道主。不管这些了，顺其自然吧！

上火车之前，还有段时间，送行的人把我们安排在贵宾室先休息。我们仨竟是贵宾？太好了！我们一边享用着茶点，一边讨论在长春的所见所闻。长春之行给我们留下的印象很不错。有些场景看上去有点混乱，但回想起来，其实是井然有序的。我们对中国的未来充满了乐观，感觉沉睡的巨狮正在醒来。

得知还要在贵宾室等上二十分钟左右，我们就从包里拿出一瓶威士忌，找杯子倒上，还从包里翻出香烟，悠哉游哉地抽了起来。该上车了，专程送行的人过来提醒我们，还叮嘱了一句：行李已经放到火车上了，在车尾放行李那节车厢。

步入月台的那一刻，我们惊得双目圆睁。若不是担心举止失仪的话，恐怕嘴巴也会合不拢。竟是一辆蒸汽火车！车身上喷着亮闪闪的黑漆，火车头巨大，冒着滚滚浓烟，眼看着就要开出去了。我上一次坐蒸汽火车是在1954年，从那以后，就再没见过蒸汽火车了！这种火车动力强劲，六个小时就能开到哈尔滨了！！

小时候经常坐蒸汽火车的人，一定对这种火车有着特殊的记忆。在布鲁塞尔上中学的时候，学校组织去意大利北部卢加诺湖[1]游玩，就是坐蒸汽火车去的。那是我坐蒸汽火车跑得最远的一次，也是我唯一一次参加学校组织的长途旅行。我们一群朝气蓬勃的男孩子，在老师面前，品尝着麝香葡萄，感觉醉陶陶的，像是在天堂里。眼前这辆蒸汽火车，把我小时候的记忆挖掘了出来。在火车上重温少时美好的回忆，何其美哉！ 20 世纪 90 年代，中国还到处都有这种蒸汽火车。

其实，这趟火车之旅是既有意思又枯燥。一出长春城，外面的风景就千篇一律了。火车奔行在辽阔的松辽平原上，一排又一排白桦、白杨一闪而过，麦田穿插在树木之间。越往前走，就越靠北了，大片小片的稻田竟一次次出现在眼前。这真令我感到十分意外。

就是在这片辽阔的松辽平原上，满族崛起。他们从这里出发，征服了中原，登上了权力宝座，统治中国二百七十六年之久。这一路几乎看不到历史建筑，近些年仍是人烟稀少。你如果穿越东欧大平原，尤其是俄罗斯东部平原，就更不可能觅见历史建筑的踪影了。

20 世纪 20 年代或 30 年代的俄国人、日本人，如果再来哈尔滨的话，就会发现这个城市变化不大。市内很多老建筑仍在，如大和旅馆，只是名字改了而已。1992 年，这个城市给我的第一印

---

1 卢加诺湖（Lake Lugano）：位于瑞士和意大利边境。

象是时间的停滞。日俄建造的很多房屋都拆了，感觉遗留下来的远不如长春多。俄罗斯的达官贵人追捧某种建筑风格，哈尔滨保留的俄式建筑也是这种风格的。在哈尔滨，我们看到了很多俄罗斯商人。这些国际倒爷干的多半是走私的营生。在列宁格勒的时候，我见过类似的“倒爷”，他们是坐飞机飞到列宁格勒的。哈尔滨的那些俄罗斯人说的是汉语，我听到了！

我们来哈尔滨的一个目的，是与出版商建立合作关系。在长春，我们见到的是中国各地的出版商，在哈尔滨只有当地的。那时候，只要一见到他们，我们就少不了讲解两个方面的内容：一是国际版权事务一般是如何开展的，二是为什么要先拿到翻译版权才能在中国出版书籍。哈尔滨和俄罗斯常打交道，也许就是因为这个原因，哈尔滨出版商问我们的问题是最少的。

我们利用自由活动时间走访了几家书店。我注意到，书店里陈列着很多俄语书籍，大都是俄罗斯经典作品，尤其是陀思妥耶夫斯基的作品，出奇地多。哈尔滨出版商希望引进更多西方书籍，对日文书籍一点兴趣都没有，我们的日本朋友有点小失望。不过，汤姆此行不是为了做生意。他的目的很单纯，就是想看看自己出生的地方。

我们自由自在地跑了一整天。晴空万里，风和日丽，天气真好。我和太太没有特别的目标，汤姆想去看看他父母以前住过的地方，以及他本人出生的地方。来中国之前，汤姆准备了一些资料，比如出生证明、日军侵华时期的中日双语地图等。可是，时代变了。1992 年的哈尔滨和以前不同了，很多地方的地名都换了。

在汤姆带的地图上，难以找到令他魂牵梦绕的地方。再说了，被带回日本的那一年，汤姆年龄小得很，还在学走路呢。他对哈尔滨的记忆，只是父母给他讲述的那些。而他父母提到的那些地名，全是日语名。所以，在寻找他双亲住过的那条街时，我们不得不四处打听。幸好遇到了一个小个头的老太太，要不是碰到她，我们永远也不可能找到那个地方，即伪满铁路总局。路程倒是近得很，走过去便是了。那条街上遗留的伪满建筑不多了，只有区区几座。其余的地方，都被现代化的建筑取代了。

这个小老太太快七十岁了，身体硬朗，精神矍铄。她给我们做了三个小时的向导，自始至终，也没留下姓名。本来，我们只打算向她问问路，没想到她亲自给我们带路。她是沈阳人，丈夫就在铁路局工作，她没说他在里面担任什么职务。路上碰到她的一个朋友，指着一张报纸给我们看，上面有她公公的名字。就凭这个名字，我们推测出，她丈夫的职位应该低不了。

离开铁路局，汤姆还想去看看他出生时的医院。这个老太太费尽周折，总算带着我们找到了。这家医院的大楼，过去是日本秘密警察总部，现在主人变了，成了黑龙江省广播电视台。老太太想带我们进去，管门的人不让进，汤姆没能如愿。

接着，我们去走访一个深感兴趣的小区，那是俄罗斯老贵族住过的小区。1917年俄国十月革命前，他们就住在这里。十月革命后，住的是一些所谓的白俄。一走到贵族区所在的那条街，我们一下子就感觉像进入了俄罗斯一般。街上耸立着两座俄式教堂，东正教的，是莫斯科的巴洛克风格。其中一座教堂似乎还开着，教堂顶上有一个沙皇时期的十字架。

当天是星期天，街上人很多。街上的气息，与我在中国其他城市感受到的非常不同。这里让人感到一种自由状态，人们注重礼节，商业气息浓厚。

哈尔滨酒店要求很严，墙上张贴着中俄两种文字的规章制度，俄文在前，中文在后。酒店要求客人必须在前台接受检查，枪支、弹药、爆炸物、放射性物质等，一律不准带入。

以前住酒店，我们从来没有碰到过这种情况。我推测，这是因为哈尔滨靠近中俄边境，来来往往的很多人都是职业猎手，可能影响到了哈尔滨的日常生活。

我看到了一些生活在中俄边境的人，从他们的装束上可以辨认出来。这些人也是倒爷？走私商？不管是不是，可以肯定的是，他们做的一定不是普通买卖。有人告诉我们，哈尔滨的俄罗斯人（不管哪种民族），大都做的是皮草买卖；中国边境对他们管得一点都不严，俄罗斯那边却严得出奇。

哈尔滨之行结束了。次日，我们三人都要飞北京。汤姆从北京转机，返回东京。我和太太还没搬到大陆，所以要先飞到香港，才能转机到台北。

大约八年后，我和太太又去了一趟哈尔滨。这座城市已全无往日风貌，变得让我们认不出来了。老哈尔滨淡出了历史舞台，一些俄式建筑保留了下来，成了这个城市的热门旅游景点。沙皇时代的东正教教堂成了一座小型博物馆。在我们路过的时候，博物馆的大门正由铁将军把守着。

第三节　三峡（1993 年）

截至 1992 年，大苹果已经向中国推介了西方很多少儿读物。那些作品都是中国出版商以前从来没有见过的。随着我们一本又一本地引进，他们也经历了一个从陌生到熟悉的过程。西方少儿读物一般都是带插图的，题材非常广泛，既有激励少年儿童的故事书，也有以提供知识为导向的百科全书。其实，无论是在哪种文化背景中，少儿读物只要带美丽的插图，内容就会变得通俗易懂。

在我们最早成功引进的少儿读物中，有一本是英国的《麦克米伦儿童英文图解字典》[1]，首版于 1983 年。我们把它授权给了台湾旺文社。我还做了点贡献呢。原版字典里面有些词语解释得不太清楚，我就一一挑出来，完善其含义和用法。还有一些缩略语，我逐个添加注释，以便让少年儿童容易理解。1992 年，旺

1 即 *MacMillan First Dictionary: Magic World of Words*。

文社把它出版了。

那时候，无论是在中国哪个省、哪个地区，只要是国有出版社，出版的书籍种类都差不多，很单调。我们也知道，只要国有出版社一开会，就会选在某个风景名胜区。那几年，我和太太一直希望受邀出席这样的会议，因为能借机游览中国的大好河山，尤其是一些边远地区，风景很优美。我俩要是单独去的话，就没那么容易了。

1993 年的某一天，我们果真收到了一份邀请函，是重庆出版社寄来的，请我和太太参加年会。与会人员将有几天时间游览这座古老的城市，然后沿江去武汉，途中会经过一个知名景点——三峡。

当然，我们接受了邀请。重庆是我岳母生活过的地方，这可把我太太兴奋坏了。当年日本快要占领上海的时候，岳母带着弟弟妹妹，跋涉千山万水，躲到重庆避难。基本上，他们是用双脚丈量过去的。重庆也是我岳父避难的地方。他本在一代名舰中山舰上效力，1938 年，中山舰在武汉附近被日军击沉。岳父侥幸逃生，沿江到达上游的重庆，成了中山舰少数幸存者之一。

在当时中国可用于江上作战的军舰中，中山舰是最后一艘了。日军把它击沉后，才发现地点不对，水底的中山舰刚好能起到阻挡作用，使日军无法通过。1997 年，沉没多年的中山舰被打捞上来，武汉专门建了一座博物馆，即中山舰博物馆。岳父生前保存了很多与中山舰有关的文物、资料、照片等，全都捐给了这座博物馆。[1]

因为岳父岳母和重庆这座城市渊源太深了，所以我和太太对首次重庆之行充满了期待。岳母和我们讲过好几次她的逃难经历，其中就有过三峡这一段。三峡太险了，崖岸笔立，既陡且狭，几乎无法立足。岳母几人在岸边乱石中好不容易才上了个小划子。水流变幻莫测，太急了，乘奔御风难以比拟。船夫奋力摇橹搏击，才把他们送出了三峡。我和太太在某部纪录片中领略过三峡船夫的风采。千年三峡千年事，代代船家代代雄。他们个个肌肉紧实，身手矫健得不得了。后来，因为三峡下游修了个大坝，现在已经觅不见船夫的身影了。至于三峡水道，依旧非常狭窄。

我们是从北京飞到重庆的，这次飞行平淡无奇。抵达的机场是一个军民两用机场，军用的成分更多一些。没下飞机的时候，透过右边的舷窗，我仔细观察了几架停用的军机。以前开战斗机时，我在空中邂逅过一架苏联飞机。有意思的是，它和这几架军机是同一款。不同的是，这几架军机上喷的是中国的标识。我不禁好奇起来：它们最后一次飞行是在什么时候。

---

1 1998 年和 2008 年，陈鸣铮先生两次去武汉，参与了中山舰打捞和文物保护等全过程。2015 年 7 月 7 日，该馆举行了“中山舰老兵陈鸣铮将军百年文物展”，展出他通过子女捐赠的 143 件文物。

机场的到达大厅很小，几个行李传送带也在这一块，我们耐心等着取行李。要入住的酒店在重庆港附近，就坐落在一个码头上，离机场比较远。东道主给我们安排的是个小套间，从里面能看到风光绮丽的码头。码头坐落在山脚下，背后的山比较陡峭。但从远处看，码头非常小，房屋只有巴掌大。几天后，我们就要从这个码头去武汉。这一定会很好玩。

抵达的第一天晚上，与会人员一起吃了麻辣火锅。火锅是个鸳鸯锅，一个锅底是特辣的，一个是微辣的。上的酒是中国名酒茅台。麻辣火锅我降得住，吃得很尽兴，这让大伙大感惊奇，不由得盯着我看。酒过几巡后，我端起酒杯，用中文邀他们"干杯"。这下更是把他们惊得目瞪口呆！大伙连干了几杯后，都放松下来了，气氛也活跃起来了。就着可口的火锅，喝着美酒佳酿，大家聊得越来越欢了。

我太太的酒量也让他们吃了一惊。她没少和他们干杯，有些人已经吃不消了。当她又提议干杯的时候，那些人一连声地挡驾："随意吧，随意……"没等他们说完，太太就把杯里的酒喝得一滴也不剩。这还不算完，她连喝了几杯才作罢。

其实，一看到桌上摆的是茅台，我俩就没作声，只是交换了个眼神，像是串通好了，要和他们喝个一醉方休。几杯过后，太太一手托着腮，拿食指朝我比画了一下，示意我先走一圈，然后她再拔挂上阵。桌上的人都兴奋起来了，大声叫我“中国女婿”。是的，这很好玩，我俩听了很开心。大伙太尽兴了，把工作都抛到九霄云外去了。他们是在开心地度假，我们也是！

重庆是长江沿岸最大、最古老的城市之一。这次，我们没参观重庆的历史景点，但同行的人给我们讲到，日军先后轰炸重庆两百多次，把这座老城毁得不成样子。重庆港得天独厚，它是长江上游最大的水运枢纽。码头很多，客船、渔船和货轮穿梭不停。

去武汉我们坐的是客船。它又高又大，上下五层，最上面一层是游步甲板，也是观景台。东道主原希望给我俩订个头等舱，但剩下两个舱位都被香港人订走了。我俩被安排到了一个四人舱。铺位上下两层，我俩用一侧，两名出版人用另一侧。我俩喜欢这种安排，这意味着能更好地认识他们、了解他们的想法，也能了解中国童书市场。同舱的两个人大部分时间都待在舱间里，我们一起聊了很多。早餐一毕，各个舱门就打开了，大伙在走廊、甲板上走来走去，只要碰了面，就少不了聊几句。没有比这更好的机会了，能让我们更好更快地熟悉彼此。

在船上的那几天，一到下午，我和太太就到甲板上赏风景。水流湍急，奔腾不息，“两岸连山，略无阙处。重岩叠嶂，隐天蔽日”。煞风景的是，树林边上竟有成堆成堆的垃圾，还有一头死猪，从我眼前一掠而过。

为了防止意外，甲板上安装的护栏都很高。万一哪个人掉下去，一下子就会被冲到几公里外，又谈何营救呢？在我们穿越三峡的时候，三峡大坝正准备施工呢！

登船口在第一层，这一层最有意思。里面有卖菜的菜农、卖水果的果农等等，还有要运到下游市场出售的鸡、鸭、猪、山羊，活脱脱一个迷你动物园。这客轮成了沿江两岸人们运货的货船了，它就像火车一样，每到一站就停。既有现成的江水，自然就要洗船了。每隔一阵儿，就有一个软皮管把江水抽上来，软皮管连着水泵，强力地冲洗着甲板。江水看着很脏，却把甲板冲洗得很干净！

客轮一路停泊了无数次，沿途经过的一些地名和景点，我无法全部记住，只记得下面几个了（次序可能不对）：屈子祠、秭归、昭君故里、兴山、泸州石堡湾，还有一个是著名的丰都鬼城。根据中国民间传说，这个地方是阴曹地府的大本营。早在东汉时期，鬼城就开始兴建了，距今已有近两千年的历史。当今的丰都成了一个孤岛，三面环着新近开挖的人工湖。我们所看到的鬼城景区，现在已经沉到湖底了。

客轮每到一个码头，我们就能下来遛遛弯，时间长短不等，长的时候能停两个小时。有些码头名副其实，是真正的码头；有些非常简陋，只有块木板，铺在湿泥上。我们坐的客轮只在真正的码头加油。三峡旁边的那些小村庄非常有意思，三峡大坝一旦落成，它们就会沉到水底下去了，这真让我长了见识。

客轮上除了一日三餐，没有别的东西吃，所以乘客都准备了馒头、水果等等，这些东西在船上买不到。我们带了些啤酒、二锅头。二锅头很便宜，度数很高，跟茅台差不多。哦，我忘了抽烟的事了。船上很多人都抽烟，一盒接一盒地抽。那些人一抽完，想都不想，就把烟头扔进江里了。塑料袋呀，水果皮呀，他们也往江里扔，它们都被湍急的江水冲跑了。

头等舱有两名乘客，他们和我们舱里的四个人合用一个单独的餐厅。饭菜做得真好，令我感到吃惊。船每到一站，厨房里的人就下去买菜，很新鲜的蔬菜。但总体来说，厨师缺乏想象力，每天的饭菜都一样，没怎么变过。

至于船上的卫生设施，就不尽如人意了。每层有两个狭小的盥洗室，男女分开用，空间特别局促。同一层的乘客都在那里洗手、洗脸，也洗内衣。船上也没有清洁工，没人过来换床单。恐怕不到武汉就不会换下来。船上卫生条件堪忧，可我和太太不嫌弃。我们就是想看看普通人是怎样生活的，也看看自己如何才能更好地去适应。这不就是个机会吗？

老话说得好，入乡随俗。东道主怎么做，我俩就怎么做。既然上了这条船，就不能半道跑喽，何况我们是被请来的！除了卫生条件不怎么样，船上的生活还是很好玩的。

进三峡之前，船上下了通知：早上6点，客轮将会驶入三峡。刚过4点半，大家就一窝蜂地冲到甲板上，等着看日出。最好的观赏位置在船头最中间，紧挨着护栏。众人把这绝佳的位置让给了我俩。到5点时，甲板上已挤满了人，客轮也减慢了速度。

黎明之所以叫黎明，就是因为它时光短暂。如果赶上有云彩的天气，那么当太阳的外围光线把云层照亮的时候，黎明就结束了。如果天空万里无云，太阳光一出来，黎明瞬间就过去了。就在黎明破晓时分，我们看到太阳像一个橙色的光团，在江水中探出头来。轮船进入三峡了，随着它一点点往前开，光团就显得更加清晰了，只见水面把它劈成了两半。

太阳还没有完全升出地平线，但光线越来越亮了，照到岩石上，呈现出深浅不一的橙色。岩石上的裂缝，光线进不去，仍是黑乎乎的。经过狭窄水域的时候，船开得非常慢；到了宽敞些的地方，才逐渐加速了。就在这时候，轮船一转身，恰好让我们看到印象深刻的一幕：地平线托起了整个太阳，两岸的白岩变得非常清晰。我赶快把这一幕拍了下来。那个相机不是太好，拍得不清楚，但恰好拍出了我想要的这一幕。现在的手机拍照效果不错，可那时候，带摄像头的手机还没发明出来呢。

2001年，英国作家约翰·罗纳德·瑞尔·托尔金的《魔戒》

改编成了电影，又名《指环王》，我看了一遍。导演彼得•杰克逊选的取景地是新西兰。但其中的一个岩石场景，令我感觉就是在三峡。熟悉三峡的外国观众可能也会从那个场景中想到三峡，但随着三峡大坝2012年竣工（2014年投入使用），没人能够再看到以前的三峡了。三峡水库是人工开挖的，蓄水已至正常水位175米。

几天后，客轮抵达武汉，我们这次的大陆之行也快结束了。码头离武汉市中心很远，主办方在一家政府招待所给我们安排了住宿。次日大家就要各奔东西了，临别之前，大家决定共进一餐。从码头坐车去招待所的时候，我听到有人在说“女婿”这个词。他们可能是在谈论别人的乘龙快婿。这样的谈话很正常，我就没怎么留意。之所以记得这事，是因为在这趟旅程中，大家总叫我“中国女婿”！

往招待所餐厅走的时候，我突然灵光一闪，于是径直跑到厨房，朝厨师要了两匙食用油，并当场喝了下去。这让厨师百思不得其解。主办方点名要我参加这次告别宴，却之不恭，我也就没推辞。宴席一共摆了四桌（八仙桌），菜式真是太丰富了。有人对厨师说我喜欢吃鱼，厨师就专门为我做了条。那鱼太好吃了。

吃了一会儿，大家就开始敬酒了。第一杯先敬东道主，这是起码的礼节。接着，有个人（我就不提他的名字了）站了起来，提议同敬“中国女婿”一杯，于是大家又同干了一杯。两杯下肚了，可这没算完。每人又单独敬了我一杯，我又一一回敬他们。最后算下来，我一共喝了快一斤高度白酒！这种喝法叫“打通关”！以前我听说过，这次是第一次这么喝。打通关就是要让每个人都尽兴。结果到最后，有人喝得趴在了桌子上，有人走不动路，被服务员架到房间去了。我也喝醉了，可有恐失仪，就头也不回地进了房间。脚步没趔趄，可一关上房门，那个天旋地转……

第二天，众人全都离开了招待所，有些坐大巴去火车站，有些坐面包车去机场。我和太太单独坐了辆面包车。我俩要先飞到上海，然后转机到香港，才能回到目的地台北，但一路飞行顺利。

至于前面提到的食用油，是我上大学时候掌握的一个小窍门：喝酒前喝两匙食用油，不容易醉酒。根特大学有个学生协会，成立于 1373 年，我也是其中的一员。协会有个约定俗成的规矩：在每个学年，每个成员必须打三次通关，谁撑到最后也没倒下，那就不用掏酒钱了。在根特大学的时候，借助这个小窍门，我一次也没掏过酒钱！

我在武汉喝的这场酒，成了业内一个传奇。这事已经过去太久了，或许能记起这事的人已经不多了。

第七章

定居大陆

第一节　北京胡同

那几年，我和太太在台北和北京之间来回奔波，实在是太辛苦了。1996 年，大陆出版商开始用美元给我们结算了，我俩就觉得，有必要在北京安顿下来了。

北京市政府给外国人统一安排了住房，但我们不想去那里居住，一来是因为房租太贵，二来是因为那儿只有老外，我们不想和中国人隔绝开来生活。毕竟，大苹果的目的就是以书为媒，把欧洲文化推介给中国人。

历莉的祖籍在大陆，她很多朋友、同学都来大陆发展了。新中国成立前，他们父母那一代都在大陆，都是后来去的台湾。台湾有位沙姓儿童读物出版人，她家有个祖上传下来的四合院，就在北京雍和宫附近的国学胡同里，产权证还在她手上。她本人不想搬到北京生活，就问我们要不要过去住，不用交房租，只把房子修缮一下就好。

她家没有人管这个院子，平时由一对河北的年轻夫妻维护。丈夫姓刘，是个司炉工，他有北京的司炉证，刚好能帮我们烧锅炉。他妻子姓王，负责打扫卫生，还可以帮我们做饭。至于我太太，她就喜欢装修房屋。因此，我们接受了沙女士的提议。

1994年初，就在我们打算搬过去的时候，我的心脏出了问题。1993年夏天的时候，我就住过一次院。当时，孙中山的曾孙女在夏威夷大学举办了一个活动，邀请我和太太出席。活动的内容我不记得了，只记得那天我被救护车送到了医院。不是身体器官的毛病，是因为花粉过敏。主办方为表示尊敬，按照夏威夷礼仪，给我献了个戴在脖子上的花环。上面有种名贵的花，可能就是我的过敏源。

几天后，我们飞回台北家中。谁知，旧病刚走，我又添新疾。那天刚好是1994年元旦，我突然在家中昏倒了。醒来后，发现自己躺在台北中心综合医院急诊室。从症状来看，我患的好像是心脏病，可经过一番检查，医生又说不是心脏上的毛病。医生观察了几个小时，就让我们回家了。我们没回自己家，这家医院也在忠孝东路，岳父家就在医院的对面。

何时才能结束台北—北京奔波之苦呢？我和太太一直都想知道答案。可每当定下一个日子，我的身体就会从中作梗。那阵子，我们没有意识到我的健康状况在恶化，只是认为平时过于劳累了。毕竟，大苹果还在创业初期，我每周工作七天，每天工作近十八个小时。更何况，版权代理在中国还是个全新的行业。究竟什么是版权代理呢？简单举个例子来说吧：如果某家中国出版社想出版一本外国书籍，那它首先要和代理人签版权授权合同，然后才能找人翻译，并在大陆出版。

1994年参加北京书展前，历莉已经拿到了四合院的钥匙。书展一结束，她就到四合院住下来，专门修缮这座老宅。说是住下来，其实跟“露营”差不多。毕竟几十年没住人了。历莉花了很多时间，把它打理成了一个漂亮的宅院。我也准备搬过去了，岂料元旦那天差点把命丢了。

1996年9月，我们才最终搬到北京，在四合院安住下来。有一年时间，我无法飞国际航班。历莉把这套宅院打理得很舒适，室内安装了暖气片，用烧煤的锅炉供暖。院子里有棵高大的树木，锅炉就放在树底下，夏季暴晒不到。

历莉给我请了位退休的护工，每天二十四小时陪护我。她还特意请了几位中医，为我继续诊断和治疗，并买了一大堆中药和食材，助我恢复元气。有个朋友送了我一件军大衣、一顶带耳的厚皮帽。所以，这年冬天，我没感觉冷得受不了。

传统的中医疗法很管用，我渐渐恢复了元气。自1997年春天开始，我和太太可以全身心投入到工作上了，一直到现在，我俩还没退休呢。是不是该减减速了？我看还是算了吧。无所事事的日子太乏味了。

传统的中医治疗手段很奏效，护工也很负责。她天天监督我，不让我过于劳碌。司炉工小刘的妻子小王，每天给我做可口的饭菜，还让我不停地喝水、喝茶。她不但给我俩做饭，也给我俩的员工做饭。有次，她对历莉抱怨说："陈小姐，你和吕先生很好伺候。你们的员工可难伺候啦！"

我想喝咖啡，小王不让，我就自己冲。到底喝什么才有益于健康？茶还是咖啡？热水、温水还是冰水？这些小问题快上升到文化角度了。中国人喜欢喝热水，但欧洲人爱喝冰水。

至于茶和咖啡，孰优孰劣？如果辩论的话，恐怕我就赢了，因为我是这么认为的：这要看你是喝什么长大的。茶有茶道；把咖啡豆磨成粉，再进行冲泡，也是门艺术呢。不过，我和太太都同意一点：不管喝什么，都不要加糖。如果喝果汁，我们就自己榨。

在大陆开展业务期间，历莉就有点顾不上台湾了。所以，她聘了位很棒的助手，来负责大苹果台北办公室。在北京的出版人听说我搬来了，隔三岔五就到四合院来看我。我们不谈生意，只谈自己感兴趣的小说。医生强令我休息，可我不想让大脑处于闲散状态。我喜欢拉美文学，很长时间没读了，我又读了一遍几位大家的作品，如博尔赫斯、马尔克斯、聂鲁达和米格尔·安赫尔·

阿斯图里亚斯[1]。

我不知道外界是怎么传的，反正浙江文艺出版社的编辑、北京几个教拉美文学的教授也听说我了。他们纷纷上门拜访我，我们一见如故，聊起来滔滔不绝，话题也是非常激动人心的。最终，我把《博尔赫斯全集》第一次引进到中国，并授权给了浙江文艺出版社。[2] 2000 年，我和这家出版社一起邀请他的遗孀[3]来华访问。出版社给她买了头等舱往返机票，并负责她访华期间的全部开销。要请她来，这种待遇自然是先决条件。

我们在大陆住上了私人住宅，这和住酒店是完全不同的。以前在福州的时候，我们也住过私人住宅，那是亲戚家的；住的酒店是出版商安排的，酒店要求我们上交护照，次日再归还。欧盟成立之前，欧洲国家的酒店也是这样的规矩，所以我就没多想。那时我们已经注意到，大陆对留居的外国人有些要求，比如要去公安局登记等。搬到北京后，我们还没来得及去办理，片区警察一听说来了个老外，马上就跑到我家来了。突然看到院子里穿警服的警官，着实让我吃惊了一回呢。

他一见到我就问："你在公安局登记了吗？"刚问完，就要我

1 米格尔·安赫尔·阿斯图里亚斯（Miguel Ángel Asturias，1899—1974）：危地马拉小说家、诗人，在拉丁美洲文学中占有重要地位，代表作有小说《总统先生》、《死不瞑目》及诗集《云雀的鬓角》等。1967 年获诺贝尔文学奖。

2《博尔赫斯全集》中文版出版于 1999 年。

3 即玛丽亚·儿玉（Maria Kodama，1937—　），博尔赫斯第二任妻子。

把护照拿出来。我和太太的护照都是比利时的,我一并取出来交给他。头一次在家里碰到这种事情。看完护照,他友好地解释道:“一搬来你们就该登记了,这次不让你们折腾了,我把要签字的材料也带来了!”

第二天,这位警官又亲自上门,把办好的材料送了过来,并归还了我们的护照。那时候,大陆给我们的是一年多次往返的签证,每三个月要出境一次,然后再回来。每次进出,我和太太都要在公安局登记。后来才取消了三个月的限制。目前,我们的签证有效期是三年了,可以多次往返,去公安局登记的次数也越来越少了。

后来,北京那位警官不再到胡同里来了。他可能是调走了,也可能是升职了,谁知道呢。作为片警,他平日里处理的多是邻里纠纷,也听到不少喜事和忧事。只要他一来我们胡同,就跑到我家聊几句,喝杯茶、抽根烟再走。通过和他交谈,我们了解到胡同里普通人的生活。同住在一个胡同里,每个人都很熟。我们每次走了来了,邻居也都知道。就算知道,也算不上是侵犯隐私呀。

这位警官很年轻,我一直不知道他叫什么,可我真的挺想念他。正是通过他,我才了解到普通中国人的日常。他让我增长的那些见识,在大学里永远也学不到,外国游客和短暂居住在中国的老外也了解不到。借由他人无意的帮助,我对中国的了解得以加深，我对中国的感情也越来越深。在中国，我生活得越来越舒适。舒适到什么程度呢？就感觉像是回到了我小时候生活的地方。我也在美国生活过，但这个移民国家很排外，让我有一种深深的距离感。

刚一搬到北京，我就经常在那一片的胡同里逛。胡同里的房子有些很破旧，眼看着就要倒塌了，有些则修缮过了。20 世纪 90 年代，北京市正在改善住房，导致建筑材料短缺。很多胡同的名字还保留着，但里面的老房、危房都拆了，代之以现代化的楼房，各种条件和设施比以前好多了。

有位朋友在天安门西南面开了家很大的书店，即网红书店北京坊（Page One）。他还在附近一个胡同里开了一家越南风味的餐馆。2018 年 8 月，在参观北京坊的时候，他邀我们尝尝这家餐馆厨师的手艺，并安排司机把我们送了过去。往餐馆所在的胡同走的时候，我和太太有种似是而非的感觉。说是原来的胡同吧，那它变化太大了，都叫人认不出了。说不是吧，可它也没挪地儿呀。

继续往前走，我们才发现究竟有了哪些变化：胡同变干净了，房屋翻新了，墙面上再也看不到电线、电线盒之类的了。抬头看看天空，也没有乱糟糟的电线遮挡视线了，都埋地下了。这个老胡同已经步入现代化的新时代了。接下来的几天，我和太太仔细观察，发现不止一个胡同变了，很多胡同也都翻新了。作为城市遗迹的胡同，被北京成功地带入了21世纪。

我们住的国学胡同很不错，非常清静，让人气定神闲，缺点是太静了，又让人觉得有点与世隔绝了。一到冬天（从11月到次年3月）就没法在院子里消遣了。即便套上厚毛衣，再穿上厚棉袄，最多也只能在院子里小坐片刻。在我长大的欧洲，以及后来生活过的纽约、印第安纳州、伊利诺伊州，尤其是后者，一到冬天也很寒冷。我想着自己早就习惯寒冷天气了，可没想到北京的冬天还是让我的身体吃不消了。

到底是什么原因让我开始感觉吃不消的？恐怕我也说不清，道不明。寒冷、干燥、风沙多是一方面，若还有原因的话，当是生活不方便，四合院过于安静。我们的房子在胡同最里头，再拐一个大胡同，才能走到雍和宫所在的大街上。想叫出租车的话，得走到大街上，每次得走十几分钟。那时出租车很稀少，每次都得等很久。购买生活用品也不方便，每次换罐装煤气、买烧锅炉用的煤炭，都得叫一辆三轮车。

还有，那个胡同没几户人家，邻居都喜欢窝在家里。我们院里种着两棵树，只有在黎明和黄昏时候，才会飞来几只麻雀，停在枝头叽叽喳喳。除了它们的叫声，我们啥动静也听不到。

那时的北京城非常大（现在就更大了），可是在家里，我们听不到大城市生活所特有的喧嚣。在我们位于上海的家中，也听不到大街上车辆嗖嗖而过的声音。但是，只要在我们小区遛狗，我耳中就会传来城市生活特有的嗡鸣。北京的朋友住在不同的区，想来胡同看我们的话，一路要费不少周折。可能正因为见不到朋友，我们渐渐觉得孤独了，生出了搬到上海的想法。岳母的娘家在上海，那儿还有她很多亲戚。而且，在城市布局、公交设施方面，上海也比北京更便利。

其实，我们在北京过得很不错，但我们一直都知道不会久居此地。1999 年，很多台湾人已经离开了那个弹丸之地，回到世代居住的大陆。沙女士和她丈夫也想回来，希望在海峡两岸都有个安居之所。于是，我们趁机把四合院还了回去，并搬到了上海。这座城市也是我岳父岳母第一次相遇的地方。上海有很多亲戚，我和太太一搬来，就融入了大家庭。

第二节　上海安家

在大苹果刚成立的时候，我们对上海就已经不陌生了。就是在这座城市，我们完成了前文提到的《斯佳丽：乱世佳人续集》的中文版授权。这笔交易深深地刻在了我的脑海里。

在台北那几年，一来大陆，我们就先飞到香港，然后再转赴上海、南京或北京。如果从上海去北京，我们就买软卧，坐朝发夕至的火车，十二个小时就到目的地了。软卧包厢有上下四个铺位，虽有别的乘客，但软卧非常舒适，也非常便捷。从上海去南京的话，也是坐火车。见完南京的出版商，我就飞到北京，我太太坐火车过去。那时候，软卧和机票都很贵，买起来很麻烦，因为我们要用外汇券才能买。

有一次，大陆某位出版商给我们买了火车票。我刚要上火车，列车员就喊了起来："上来一个老外！"我转过身去，用中文问她："老外在哪儿？"她看了我一眼，愣住了。我给她看车票，紧接着来了一句："我是新疆的，伊犁人。"她一听，竟然不再查我，立刻让我上了车。我愉快地坐到了南京。当时，我留着很长的胡须，皮肤也晒黑了，列车员竟然真被我唬住了。我们又不是逃票的，自然也不会遇到麻烦。

那时候，中国同时拥有国内和国际航班的机场极少，唯有虹桥机场一个。以前的虹桥机场很破旧，设施也跟不上，现在已今非昔比了。上海还有一个机场，浦东国际机场，它就是个巨无霸，竟然有五条跑道，冠绝中华了。这两座机场都很繁忙，通航能力都快饱和了。与北京机场相比，浦东机场离市中心更近些。如果不堵车、不下雨，开车从我家到浦东机场要一个小时。刚搬来那几年，上海到处都在施工建设，延安高架路就在铺设之中。随着它投入使用，我们开车就轻松多了，心情也跟着愉悦了。

现在，上海开通了好几条高架路，连接浦东和浦西的隧道也越来越多了。第一次来上海的时候，我们当然也去外滩看了看。那时候，外滩对面的陆家嘴还没成为金融中心呢，那里只有破败的老房子、稻田等；东方明珠的钢筋架子搭起来了，还没落成呢，不像现在这样优雅地高耸天际。那时候，一出外环就是农村，满眼都是破旧的农房、成块成块的农田，以及稀稀落落的老工厂。

我们现在住的房子在虹井路，是 1999 年买的，与通往市中心的一条大路吴中路刚好垂直。刚住进来那几年，我们从吴中路一拐到虹井路，就感觉到了乡下——没错，就是乡下——道路很狭窄，只能并排过两辆车，道路坑坑洼洼，两边都是棚户区和农田。1999 年的上海就是这个样子的。后来，上海和北京都投入大量的精力财力，把这两座城市打造成了现代化的大都市。北京是中国的政治中心、行政中心，上海成了金融和创意中心。

在城市功能的分配上，美国和中国有着相似之处。纽约曼哈顿和上海陆家嘴相仿，华盛顿特区的氛围雷同于北京。华盛顿还是北京更胜一筹？如果让我们回答的话，那我们一定会说是北京。北京和上海的交通四通八达，从北京到上海坐高铁最多五个小时，从上海到南京最快只要一个半小时。苏州和杭州简直就是上海的市郊。中国的公共交通太棒了，我和太太称之为“出色的公交规划”。

上海的布局比北京更紧凑。北京向外大幅扩展，东六环都快挨着天津了。平均十五分钟左右，北京就有一趟通往天津的高铁。我感觉，上海和北京的城市规划有所不同。上海可以仿照伦敦、巴黎进行规划，公交系统也能到达城市的每个角落，但北京有太多历史遗迹，一定程度上制约了城市的布局。总体来说，我们感觉上海的布局更舒适。

随着上海的发展和变化，我们也在发展和进步。二十多年过去了，我们不再感觉上海是个家，而是它就是我们的家！无论在海外哪个国家旅行，只要我们说要回家了，大伙都知道我俩是要回上海。

在人口稠密的大城市，你要想有种舒适感，不妨按自己的熟悉程度、出现频率，把它划分成几个区。在上海，我和太太最熟悉的区域是闵行区那一带，其次就是市中心，以及通往苏州、杭州和南通方向的几个区域。

在我家附近，有很多菜市场、便利店，还有大型超市，走着去就到了。步行十分钟，就能走到一个新开的大型购物中心，里面有家店铺，专卖进口的精酿啤酒，其中也有比利时最好的啤酒，牌子多得很，年少时候我可没少喝。在离我家不远的地方，还有一家卖葡萄酒的店铺，开车去也就眨巴眼的工夫。这家店铺的装潢很精美，卖的葡萄酒也是进口的，品牌太多了，大众、小众品牌都有。一般来说，小众品牌最好喝，但中国顾客可能不熟悉那些牌子。

那片地方还有一家奶酪店，种类繁多，品牌特别齐全。还有一家面包店，卖的是真正的进口面包，如法国、德国和比利时的。在我的祖国比利时，面包是一种主食。我不会回比利时安家了，我把家安在了上海，很多朋友也都在中国，他们散居在各个地方。

我们小区叫金俊苑，邻居好像都知道我俩。他们不一定知道我的名字，但我听说，他们一说起我，就说我是“牵着两条狗的老外”。有的还加上一句：“他中文说得很溜，能把你吓一跳！”还有人说："你要是和他说英语，他会告诉你，他听不懂你的英文，说中文就行！"

我是"自来熟"，见到生人不是寒暄两三句就拉倒了，而是很容易就能打开话匣子。最近这几年，我太太喜欢上了茶艺。一有朋友来家里做客，她就拿出茶具泡茶。家里有各种各样的茶叶，茶具也是千姿百态。我招待客人用咖啡，家里有很多有特色的咖啡豆，现磨现用。单倍或双倍浓缩，就由客人自己选。

如果聊的时间长，感到精神不济了，我就拿出干净的品茗杯，给客人斟一杯"俄罗斯茶"。说是"茶"，其实是从圣彼得堡进口的伏特加。熟悉我家的朋友，不用我邀请，自己就点了。他们要么点杯"俄罗斯茶"，要么点杯"苏格兰茶"。

有人会感到疑惑："苏格兰茶？"就是单一麦芽威士忌，好几个产区的都有，如苏格兰高地、低地、岛屿区。至于哪一年的，那就要看市场供应了，但起码要窖藏十二年以上的。这就是为什么我和太太把上海叫作家！！！

1999年搬到上海的时候，改革开放政策已经很见成效了，我们注意到中国发生了变化。没搬过来之前，我们每年在上海最多停留六周（这已经算是长的了），虽然注意到了局部变化，但难以把局部纳入整座城市的版图中。

在上海安顿下来后，为了更好地探索这座城市，我们决定买辆车，毕竟公交车有时间约束，有些地方也到不了。我和太太只要一去欧洲、美国，就开车到处跑。我们也不走高速公路或大路，专挑偏僻的乡间小道。海特－穆恩的《蓝色公路：入美之旅》声名鹊起后，激起了人们对未知旅程的渴望，都喜欢走小道游玩了。

我这辈子都在跑来跑去。在台湾的时候，我和太太只要兴致一来，骑上摩托车就去山里玩了，每次走的都是人迹罕至的小路。有一次，我们竟然跑到了一条羊肠小道上。那是条很窄的土路，衰草连天，极其荒凉。我们顺着小道又跑了几公里，沿途发现几个路牌，上面写的都是日语，才知道这是日本人没修完的一条路。它一点都不出名，在地图上也找不到。这一趟称得上是“蓝色公路”探险了。

要说买车，那买什么车呢？太太不想买日本车，我不想买德国的，毕竟她的家人与日本有深仇大恨，我家人和德国有着不共戴天之仇。至于美国车，虽然有些是在中国生产的，但我们不想和美系有所瓜葛。韩系呢？它们太像是日系的复制品了。我是在欧洲长大的，很熟悉法系雪铁龙，这个牌子的车在上海也能买到。雪铁龙在欧洲拥有很高的声望，因为它品质可靠，外观设计非常独特，总让人眼前一亮。还有，在汽车尾气排放上，雪铁龙遵照的是欧盟标准，这一点也让我宽心。说到欧盟标准，无论是汽车尾气排放，还是食品和药品等，欧盟标准规定得都很严格，超过了其他地方的标准。令我高兴的是，上海政府也借鉴了欧盟的标准。最后，我们买了辆原装的“雪铁龙毕加索”。

这二十多年，上海的发展如同风发泉涌，丝毫没有放缓的迹象。我们居住的闵行区很安静，它不在热闹喧嚣的市中心。市中心的繁华一如既往，曾经的十里洋场——外滩，也保留着原来的特色。上海开辟了很多卫星城，闵行区也迎来了高光时刻。七宝成了闵行区的特色板块，从虹井路和吴中路交叉路口，一直到七宝古镇，都得到了大力开发，沿线还建了新博物馆、新公园。过去的闵行区没有享受到发展的红利，有点受冷落了，现如今焕发了生机。在这个区生活很便利，步行就能把生活用品买齐了。闵行区还有好几家影剧院呢！唯一的问题是，一到周末，车太堵了。

闵行区新落成的一个地标建筑是爱琴海购物公园，从我家走过去也就几分钟。2017 年 12 月初，我们去海外生活了几个月。当然，走之前，我们知道那儿正在施工，但工地都被高墙围挡着，看不到工程的进度。2018 年 3 月，司机从浦东机场把我们接回来，从外环匝道口一下道，就拐到了吴中路。越往前走，我和太太就越感觉不对，便对司机说：“您拐错了！”谁知，竟然是我俩弄错了！我俩没认出新落成的购物公园，以为司机走错路了呢。那儿还建了个大型音乐喷泉，五光十色的泉水随着音乐的节奏上喷下舞。远近霓虹竞闪明，泉喷玉树彩珠生。从我们小区侧门出去，五分钟就能走到这个购物中心了。小区外面，天翻地覆慨而慷；一进小区，就无丝竹之乱耳，只觉静谧闲适。这就是我喜欢这座城市的原因。

前面说到汽车，我家的车偶尔还会用，但我和太太不再开车出城了。要去苏州、杭州等周边城市的话，我们就坐高铁。这些年交通上的变化来得太快了，以至于人们很难记住以前的出行方式。就在几年前，开车去苏州比坐火车还快呢。2021 年，我们把雪铁龙卖了，换了辆中国产的高档电动汽车。

再想想那一年，我们从长春到哈尔滨坐的是蒸汽火车！上海到北京有 1 200 公里，现在有了高铁，不到五个小时就到了。这是怎样的变化呀！更何况，坐高铁比坐飞机舒服多了。

第三节　荣耀加身的大白菜

北京在中国的北方，一回想北京的冬天，我和太太就觉得寒冷。但寒冷是一回事，令我们记忆最深的是食物：大白菜和萝卜。一到冬天，家家户户都囤积大白菜。门口、走廊和楼梯上，堆得到处都是。一堆又一堆，就像一座座小山。这给人一种外观上的印象：在北京的冬天里，绿色蔬菜只有一样，那就是大白菜。之所以说“外观”上的印象，是因为我没问过北京人是不是这样。我感觉要是问的话会不礼貌。其实，你要真这么问，那还真是没礼貌。

不知道从什么时候开始，北京人不再囤白菜了。大伙拿个购物袋去超市，就能把四季蔬菜买齐了。我不介意大白菜堆得到处都是，因为我喜欢吃大白菜，无论是炖的还是煮的，我都觉得很可口。在犹太人的食谱中，大白菜也是最常见的一种蔬菜，各式做法都有。我的很多中国朋友都经历过大白菜时代，现在只要说起来，他们脸上就会挂着笑容，顽皮的笑容。毕竟，就算只有大白菜，也好过忍饥挨饿呀。一想起那个时代,他们也感觉很美好呢。

出版商用人民币给我们结算账款的时候,1 美金能换好几块钱人民币,大陆的食物就显得非常便宜了,但这种感觉有一定的误导性。当时,大面额的票子是 10 元的,1 块钱就能买到不少食品,元、角、分流通都很广,我们也得学会分开用。那时的食材还不算丰富,但只要用心做,还是能做出一桌好菜。哦,说到这儿,我想起北京的桃子来了。在我们吃过的桃子中,就属北京的桃子最好。我们经常一堆一堆地买,太好吃了。

在中国文化中,饮食文化一直占据着重要地位。但随着食品种类日益丰富,食品浪费的现象也有增无减。中国人只要一请客,为了面子,总是点一桌子菜,造成很大的浪费。别人宴请我们的时候,如果看到剩下很多菜,我们就打包带回家,我都成了剩菜烹饪大师了。

千百年来,中国的老祖宗一直这样劝诫后代:不要浪费食物!可有些年轻人不听,因为中国的食物太丰富了,太容易得到了。不光有本国产的,世界各地的都有呢。

中国面值 20、50 和 100 元的钞票何时开始流通的?我不记得了。说到钞票,我想起了一件事。有个客户给我太太付了次现金(是合法生意哟),总共 10 万元,全是 10 元一张的票子。太太提了满满一大兜,穿过大半个北京城,平安回到家。那时候没有自动提款机，现在中国到处都有了，就算提上一摞钞票，也是很安全的。在中国，自动提款机上不能取大额现金，这和世界其他地方的规定没有不同。

现在的中国，蔬菜、水果、肉类、调料等，品种太丰富了，比世界上其他任何一个地方都要齐全。中国食品从匮乏到丰富的过程，非常引人注目。何况，价格还那么便宜，几乎人人都买得起。要知道在过去，在中国人的生活中，挨饿是个大问题呢。我经历过大白菜时代，也见证了中国食物从贫乏到丰富的变化过程。现在，中国已没有挨饿的人了。我和太太只要开车去乡下，碰到路边店，就停下来吃点东西。两碗鸡汤馄饨或者鸡汤米线，再加两笼包子，也花不了几个钱。我家有个钟点工，她每小时的工钱不低。我和太太在路边店一餐的花费，还不到她时薪的四分之一呢。

我们刚搬到上海定居的时候，还没有大型超市，要买菜得去菜市场。菜市场很有意思，和摊主聊几句，彼此都很开心。那时候，菜市场还没有塑料袋呢。活鸡现杀，现场去毛，肉质再新鲜不过了。慢慢地，超市取代了菜市场。鸡腿、鸡胸肉都装在塑料盒里，不是现杀的，也找不到摊主聊天了。现在是 2021 年，在上海几乎没有买不到的东西了。只要世界其他地方有，在上海也都买得到。就连标准严格的欧盟食品，上海也买得到。各种水果一年到头都有，包括热带水果。不过，要买奶酪的话，我还是得去一个专门的商店。在上海最早的那几年，我找不到卖奶酪的。

至少在中国大城市，活鸡活鱼的卫生标准很严格了。有意思的是，现在仍可以讨价还价！对我这个老外来说，真正好玩的是，没有人盯着我看了，人们都用中文和我说话。有年冬天，一个陌生小伙见我留着长胡子，戴一顶俄罗斯皮帽，就用中文直接问我："你家是哪儿的？"告之曰："乌鲁木齐！"他看了看我的长相，竟然信以为真了。接下来好几年，朋友都开我玩笑，说我是乌鲁木齐的。

中国人不再被饥饿的幽灵缠绕，但不少人还没放下对饥饿的恐惧。近几年，我和太太遇到不少四十多岁的中年人。聊起当前的生活，他们感觉社会变化太快，难以适应。他们上两代亲人有些还健在，但都不愿提起过去挨饿的日子。我能理解，毕竟我母亲和她的朋友对过去也都讳莫如深。他们从来都不愿提起"二战"期间的遭遇，也不愿谈论战后二十年的生活。在欧洲的时候我注意到，被纳粹囚禁过的一些重获自由的比利时公民，但凡遇到与"二战"有关的事情，他们都刻意回避。

岳父岳母从大陆移居到台湾，也从来不提 1949 年以前的生活。台湾和大陆几十年不通信息，政治气候非常敏感。怕连累到大陆的亲属，岳父岳母即使对自己的子女也只字不提，还把大陆亲人的照片藏了起来，以免生起祸端。我太太一直不理解，直到她见到我母亲，才恍然大悟。母亲的祖国都被抹去了，生养她的城市划入了苏联，哪还有照片留下来？而我太太的父母，却从未失去过自己的祖国。

上文提到的那些中年人，也希望能理解老一辈，希望知道他们受过哪些苦，遭过哪些罪。为了让他们放松下来，我就举我太太的例子，讲岳父岳母的经历。我们一聊就聊很久，几个小时都打不住。时间长短取决于那些老一辈的年纪。有时候，我问这些中年人："你们最害怕什么？"答案总是一模一样："没饭吃。"其实，改革开放二十年时，中国就已经基本解决了温饱问题。我和太太在很多地方居住过，也经历过生活上的困难。好在我们比较灵活，困难也就迎刃而解了。

第四节　闪光的旅行

刚搬到大陆的那几年，只要时间、经济条件许可，我和太太就出去旅行。如果刚好碰到中国哪个城市有书展，我们就报名参加。很快，书展成了我们出行的最佳借口。借书展之机，游览、感受中国各地的风光，是再好不过的了。而去举办书展的城市，我们首选的交通工具是火车。一到目的地，我们就不管东西南北了，坐上车到处走。途中自能发现一些好玩的地方，看到没见过的风景，也能收获许多惊喜。

我们喜欢跑乡间小道，看到景色别致的地方，就停下车欣赏一番。中国真正的美景不在大城市，而是在农村。农村有太多美丽的风景了，它们不为人知，却静立于天地之间，大美而不言。传统的乡村住宅、店铺，呈现出安居乐业的景象。风和日丽，老人神态安然地围坐在店铺旁，或打牌或聊天，任时光恣意流淌。女人在小池塘边，清洗着蔬菜，搓洗着衣服，多么富有生活气息的画面。要想和村民聊几句，只消一个条件就够了：会说点中国话。

要真正发现一个国家，即便是你自己的国家中国——我的祖国太小了——不妨走出大城市，沿着小道走，去看看小村庄，或者到深山老林里走一走。很多人都熟悉中国山水画，以前我以为画上的白云呀，烟雾缭绕如仙境般的山谷呀，只是画家的凭空想象。后来，看多了中国山水，我的想法才变了。画上的景观果真是画家眼中所见，或记忆所现。那些惟妙惟肖的山水画，丹青溢彩，翰墨飘香，完美地绘出了中国怡人的风景。

20 世纪 90 年代初，还没有开车旅行这一说。很多朋友买车了，可他们只是觉得比坐公交车方便些，没想着开车去旅行。中国很多地方风景都太美了，但人们从旁边经过，好像都无动于衷。难道是他们不感兴趣吗？我觉得不是，因为有些景区虽美，却缺乏配套的基础设施，难以达到动人心魄的效果。所以，那时候，很少有人只是为了好玩，就心血来潮去很远的地方探险。那有人会说了，你们开车到处跑，不会造成环境污染吗？放心吧，我家的雪铁龙卖了，换成了中国国产的电动车了！

现在，汽车已经不再是人们地位的标志，驱车旅行的时代也来到了。“二战”结束后的前二十年，欧洲也经历了同样的过程，我也曾亲身经历过。中国这个泱泱大国，改革开放才四十年，整个国家就已经改头换面了。尤其是刚过去的二十年，中国发展之神速，完全超出了心理能够吸纳的速度。地球上人口最多的国家，已经重拾昔日的辉煌。几千年来，它巍然屹立在东方。这就是中国！

从2018年末的迹象来看，在未来的二十年，中国势必要巩固改革开放的成果，走上一条更加成熟的道路。西方媒体（又名美国媒体）却说，中国开始活在一个不确定的时代。但不知何故，它们竟然忘了问问中国人，也没告诉他们原因，怎么就不确定了？我来中国那么多年了，重写这段文字的时候，已经是2021年7月了，我怎么就没听到哪个中国人说不确定呢！

现在，不管是境内还是境外，到处可见旅行的中国人。在国际舞台上，他们已经成了旅游业的支柱。疫情之前，没有中国游客的话，外国的损失可不容小觑。中国人说来就来，说走就走，是他们让老外感觉不确定了。所以，西方媒体的话应该反过来说才对呀。

外国人对中国游客又爱又嫌弃。爱，是因为他们大把花钱。嫌弃，是因为有些游客过于好奇。这些游客只会说中文，到了国外也只吃中餐。其实，中国游客不是第一批好奇的游客，而是第四批了。第一批是美国人，他们不只好奇，还很傲慢呢。访问中国这个古老的国家的时候，他们自视甚高，处处觉得高人一等。第二批是日本人，第三批是韩国人和俄罗斯人。

很多中国人是跟着旅游团去国外旅行的。我觉得这是件好事，很安全。旅游团能起到一定的保护作用，因为在国外，表面上的友好可不能和实际画等号。很多中国人都是第一次跨出国门，也很可能一辈子就出去这么一趟。到了一个语言、文化完全不同的国家，安全才是第一位的。

我有个同母异父的妹妹。有一年，她和丈夫来北京看望我们，住了一个月。没动身之前，他俩认为来中国就是一场冒险，那儿一穷二白，要啥没啥，连卫生纸、清洁剂之类的东西都买不到，甚至我和太太也买不到。所以，他俩带了一只很大的行李箱，里面的东西五花八门，箱子奇重无比。到了北京，他俩才发现原来是听信谣言受了骗。

第一次出国旅行的人最容易被蒙骗。外面的世界比如美国，对中国游客来说很陌生。他们以为美国就是好莱坞影片中的美国，可一到了那儿，就会怅然若失。一些从没去过美国的人，也以为影片中的美国就是真实的美国。从我自身的经历来看，真不是这样。

我带太太第一次去罗马的时候，我提醒过她，一定要当心吉卜赛小孩儿。果不其然，我俩在酒店旁边散步的时候，几个不到十岁的吉卜赛小孩一拥而上，把她围了个水泄不通。我一边大声驱赶，一边作势要揍他们。旁边有一个上了年纪的意大利男人，他正在看报纸，眼见此状，迅速把报纸卷成卷，往这些小孩身上敲。有他助阵，总算把这群小孩赶跑了。

这位意大利人会说英语，就用英语对我太太说："别看这些小孩小，个个都是神偷呢。就算你把物品藏在贴身衣服中，他们也能神不知鬼不觉地偷出来。"他还指了指我，对我太太来了一句："他有经验，你应该听他的！"

我和太太步行回酒店，接一位台湾出版商。我们把刚刚发生的事情讲给他听，他似乎没放在心上。走出酒店不到五分钟，一个衣着稍微干净点的吉卜赛小孩走到他跟前晃一下，他的钱包就被扒走了！

就在被盗的那一瞬间，我看到旁边的长凳上，躺着一个流浪汉模样的人，好像是睡着了。不料，他猛然站起来（从他腰带上的警牌，我注意到他是名便衣），拿出手铐，一下子铐到了那小孩的手腕上。便衣警察问我们的朋友："你看看钱包里的钱还在不在？"朋友打开一看，全被偷光了。于是，便衣就开始揍这个小孩。小孩招架不住，马上交代，钱都在他同伙的裤兜里呢。便衣搜了出来，还给了我们的朋友。你看，不管游客有没有经验，都会被盗呢。

日本有一位著名的童书出版商，我和太太跟他打了多年的交道，彼此成了要好的朋友。他和他太太每次从东京飞到罗马，就会坐火车去趟博洛尼亚。有一年，在罗马火车站，他们遇到了几位好心的意大利人，不但帮着提行李，还把他们送上了火车。夫妻俩高兴坏了，内心充满了感激之情。在酒店办理入住手续的时候，他们才惊觉箱子轻了不少。打开一看，护照、信用卡、现金、首饰等，全都不见了。那些首饰是他太太的珍宝，千金难买，非常贵重。他们每次去博洛尼亚，住的都是同一家酒店，十几年也没换过。不可能是酒店捣的鬼。

我听说，现在的外国小偷专偷中国游客。其实，中国游客自身也有原因。他们一到海外，普遍缺乏经验，很容易成为盗窃者的目标。有的游客还贪图便宜，更是给了黑店家可乘之机，尤其是在泰国。

至于导游，我注意到，很多导游都有职业操守，有些却是无良之辈。想组团旅游的人，雇个有执照的导游就好了。海外有不少中国导游，但他们的要价很高。

接着说说就餐。在大的旅游城市，为了接待中国旅游团，餐馆早早就开门营业了，比如意大利是晚上 6 点，西班牙是晚上 7 点，这比平常早了两个小时。餐馆当然喜欢这么做。要知道，没有中国游客的时候，很多餐馆一晚上就只能迎来一两位主顾，一坐就是一晚上。

旅游能开阔人的视野，增长人的见识。从这种意义上来说，旅游真是件大好事。以前，我和太太经常是说走就走，从不过多考虑。现在，中国一些旅游景点太热门了，人太多了，比如长城，一到节假日，人就多得挤不动。我们要是不改改自己的旅游习惯，恐怕只会看到人山人海，人的长城！

每逢中国国庆节、新年，尤其是寒暑假，我和太太就不出去了！每年1月，我们会到马来西亚住段时间。为了错开高峰期，我们就选在12月26日动身。

2018年8月，在敦煌游览莫高窟的时候，我看见很多年幼的游客。因年龄太小，他们毫无观览的兴致，更无法理解几百年前的壁画对中国的文化有什么价值。我并不是在批评这些幼童的父母，但他们大可选择其他地方。有太多地方可供选择了，大人和小孩都能享受到旅游的乐趣呢。

写到这儿时，有位朋友正在华山游玩，他刚刚发了些照片给我们看。华山脚下有个酒店，孩子们正在那里自由地玩耍。一个六岁的孩子，若从山脚看山顶的话，将会永远记住这景象。可在敦煌莫高窟，小孩子只能在外面枯燥地等待。那就不如带他们去沙漠，骑一骑双峰骆驼。对小孩子来说，这才更值得回忆吧！

大众旅游危害着生态环境。景点游人如织，垃圾遍地。不仅中国如此，美国也一样。至于游轮，已经不再受游客青睐了，因为太不自由，没法下船用餐。只有靠岸了，人们才能冒险进趟城，逛上几个小时。意大利名城威尼斯，眼下就要禁止游轮停靠了，所有游客必须先交税，方可入城。

几千年来，长城经受了太多的袭击和破坏。每天承载那么多游客，长城还能扛多久呢？好在从 2019 年 6 月 1 日起，靠近北京的八达岭那一段长城，已经开始限流了，每日游览人数不能超过 6.5 万。

第八章

中国巨变

这一章可能是本书最为重要的一个章节了。作为一名受过古典学、文学、艺术和历史教育的欧洲人，自 1982 年以来我亲身感受到的中国巨变，前文已经讲了很多了，我也讲了自己的认知和感受。我大半辈子都在研究中国；在中国历史这一块，我研究的重点，用现在的话来说，当是“外交政策”；若想学究气些，当为“地缘政治学”。

生于斯长于斯的中国人，比我更了解中国这些年的变化。他们就生活在这片土地上，每天一睁眼，第一时间就能见证到，感知到。而我，毕竟是一名客居中国的老外，更何况我不是总在中国，时不时还会离开一阵子。但只要在中国生活，我身边总少不了一些同龄的中国人，也有一些三四十岁的年轻人。我留意到，大家只要一聊天，难免会提到中国的变化。

最初研究中国朝代更替兴亡的时候，我就知道中国迟早会再度崛起。这个国家的地理位置太优越了。它东临汹涌澎湃的太平洋；西枕天然屏障，还有连绵的大漠；北面连着广袤的西伯利亚，东北有冰冻的极地；南面的热带雨林分布广泛，密不透风，神鬼难测。在东方，从沙漠、崇山峻岭中崛起的帝国，没有一个有过这样的地缘优势。在西方，连大英帝国也不曾有过这样的优势。大英帝国号称“日不落帝国”，但它头顶的太阳，所照区域大都是海水，而非绵延不绝的陆地。在整个世界历史上，只有元朝时期的蒙古帝国才是疆域最为辽阔的陆上帝国。

至于美国，它只是一方“新贵”（Johnny-come-lately），树小墙新画不古。一个没有历史的国家，又何谈拥有未来呢？一个国家如果没有历史，就会产生政治永恒。通俗点来说，就是这个国家永远不会产生变化。世界上很多国家都遭受过“二战”的破坏，美国本土不但完好无损，它还源源不断地生产军工材料，大发昧心的战争财。

从“二战”结束那一年算起，七十余年过去了。遭受“二战”戕害的各个国家，早已经恢复了元气，既重建了政府，也重拾了教育。再看看美国，它已经被狂妄自大牢牢钳制住了。狂妄自大令人盲目，失去敏锐的知觉，陷入愚钝和无知。一个崩溃中的帝国，不仅自身危如累卵，也会祸及他国。

人们经常提到“狂妄自大”（hubris）这个词，但它涵盖的意思是否被很好地理解了呢？在希腊语中，它意味着一个人如果过度骄傲、过于自信，必将招致天罚，陷入万劫不复的境地。一个崩溃中的帝国总是危险的，因为周边国家不再唯命是从了，这个帝国就会在政治上变得咄咄逼人，它的首脑也会气急败坏。在此，我只说几个最出名的帝国：罗马帝国、拜占庭帝国和奥斯曼帝国，它们就是因为狂妄自大，最终落了个一败涂地。

说到美国的历史，我没把美国殖民时期的历史算在内。从1776年7月4日建国，到2021年，美国只有区区二百四十五年的历史。从"二战"结束美国发迹，这段历史就更短了，距今只有七十六年。美国政府却没有认识到自己的狂妄自大，白宫甚至发话说，现在是整个世界与美国对抗。这就是因果吧？谁让美国脱离了自己的根——英格兰呢？2012年，法里德·扎卡里亚（Fareed Zakaria）出了一本书，叫《后美国世界》（*The Post American World*）。在此，我引用他的一段话：

> 合法性就是权力！现在，美国拥有各种各样源源不断的权力，可就缺一样：合法性。在当今世界上，这是一种严重的缺陷。吓唬敌人是一回事，吓唬整个世界就是另一回事了！

第一节　过去

我指的中国的“过去”，其实只有短短的二三十年：自 1949 年 10 月 1 日中华人民共和国成立，到 1978 年推行改革开放。毛泽东登上天安门城楼，宣告中华人民共和国成立那一天，我年龄还小，意识不到那是怎样的一刻。随着年龄增长、阅读能力的提高，我越来越清楚地意识到，在那个遥远的国度，天安门城楼那一幕就是开天辟地的一幕。

朝鲜战争期间（1950—1953），我在电视上听到阵亡的比利时士兵的名字，当时还懵懵懂懂，不明所以。我经常读的一份晚报（基本上都是在晚上读的）上提到，比利时士兵之所以出现在朝鲜战场，是因为安理会批准了“警察行动”，美国纠集比利时等十几个西方国家，组成了联合国军，共同进驻朝鲜战场。

暂不论安理会打的何种幌子，反正一停战，报纸和电视上就没有朝鲜战争的新闻了。空气中现出了一丝和平的气息。联合国怎么不趁机宣布，朝韩非武装地带[1]也是人类最重要的文化遗产呢？只要不让人类进去就行。大自然生生不息，在没有人类插手的情况下，反而能更好地自我调节，更好地实现自我平衡。当然，联合国是不会这么做的。但这个主意不错，想想就觉得暖心，就当是我的一个梦想吧。

在朝鲜战场上，无论是陆军还是空军，中美力量都相差很大。美军竟被打得停顿不前，最终失败而归。越南战争也一样。持续了二十年的阿富汗战争，美国除了撤军，也不会落个好下场。只要懂一丁点阿富汗历史，就会知道这个国家确实是“帝国坟场”。一个又一个帝国、一个又一个民族跃跃欲试，想控制住阿富汗，但除了蒙古人的帝国（包括后来的元朝、中东的伊尔汗国、东欧和俄罗斯的金帐汗国）统治过这个国家近三百年之久，其他帝国和民族几乎没有一个成功的。

至于中华人民共和国成立后的那几年，外面的记载可谓是非常完善了。既有纸质资料，也有影音资料，口头、书面的都不缺。那些报道挺有意思，可我却起了个疑问：为什么做报道的，无外乎两类人呢？一类是在外的中国难民，他们生活在中国外围的那几个国家。一类是一些欧洲人，他们满怀理想主义来到中国，但折

---

1 朝韩非武装地带（the Demilitarized Zone）：也叫非军事区，位于三八线，是朝鲜和韩国两国军事力量的缓冲地带。朝鲜战争结束之际，变为和平地带，但时至今日，这一地带仍气氛森严。2004 年，韩国上映了同名电影《非武装地带》。

腾了一番，却发现无法立足，最后满怀失望地回到了老巢。苏联刚成立的那几年，一些欧洲人也去了苏联，同样倍感失落地回到了欧洲。来中国的那些欧洲人，也有梦想，有理想，希望能在中国生存下去。然而，在异国他乡谋生，哪是那么容易的事？最终，这些人也落了个理想破灭的下场。从国家层面来说，比如以色列，仅凭满脑子梦想、理想，是万万建不成一个国家的。

至于历史研究，我不喜欢研究近代史、现代史，更不喜欢研究当下历史。我个人认为，欧洲近代史的发端是16世纪初，从发端到“二战”结束，中间发生过很多起重大事件，我对这些事件是熟悉的。“二战”之后的历史，我认为就是当下历史了，朝鲜战争就是其中的一起大事件。关于这场战争，美国新近出版了一些历史书，几乎都省略了欧美并肩作战的事实。而在欧洲，人们有意忘掉了这场战争，只是把它当成冷战时期又一起丧失理智的事件。

2019年10月1日，中国迎来新中国成立七十周年庆典，庆祝自己彪炳史册的丰功伟绩。就一个国家的发展历程来看，新中国尚是一个很年轻的国家。所有年轻的国家都有一颗雄心，希望国运昌隆，宏图大展，更何况新中国有着五千年的深厚根基。我希望中国能乘风破浪，雄心不减，昂扬向前。照此发展下去，再过三十年，中国将重获汉唐、北宋时期在世界上的鼎盛之势。让我们对中国寄予一个希望吧：希望它再度强盛的时候，不要像明朝那样，把国门给关上了。

关于新中国第一个世纪的历史，应该由中国人民自己来书写。而外国人，即便是像我这样毕生致力于研究中国的人，虽然在中国生活了大半辈子，可仍是一名旁观者。这个国家的历史，最好由中国人自己用中文来书写。如果有这方面的资料供我参考，那我对中国的洞察就能深广一些了。2021年4月，我去洛阳、开封旅游。这两个城市都有很多历史古迹，也都建了很多博物馆。从那些古迹和博物馆陈列的文物中，我看到了辉煌的过去，对中国也多了一份洞察。

第二节　告别过去

“文革”结束后，中国就开始告别过去，向现代化的发展过渡了。

我太太喜欢追剧，这个习惯我一直没有培养起来。2019年2月的某一天，她又坐在客厅的沙发上追剧，我坐在她旁边，一边看书，一边写写画画。两只狗慵懒地卧在我俩中间。剧中的对话渐渐引起了我的注意，我把书放在一旁，也盯着屏幕看了起来。突然，我和太太对视一眼，同时吐出一个词：“开放！”剧中讲的是改革开放，我和太太都亲身经历了这个时期，我俩也是见证者。真让人吃惊！我们竟然忘了改革开放已经四十年了。接下来的几个晚上，我和太太继续跟着剧情走，竟然又感到困惑了。四十年也不长呀，放在浩渺的历史长河中，不就是短暂的一瞬吗？中国有些变化是非常明显的，最初看到的时候，人们还感到耳目一新，可置身其间日久，竟都熟视无睹了。看了这样的电视剧，才敲开了过去的记忆。改革开放这几十年，我和太太也经历了。我们也了解改革开放之前中国的状况。这前后是多么大的对比呀！

（一）生活条件

1982 年，我首次来中国，只停留了一周左右，完全没有意识到中国正在进行改革开放。再者，我们几位与会的西方人，和中国人交谈的机会不多。赶上休息时间，大家才寒暄几句；虽共进了一餐，但谈论的尽是学术话题。那一次，我在北京看到的情形，和西方新闻报道的大致相同：中国人的着装大同小异，街上的自行车整齐划一而过。有人提到食物短缺，可我没怎么注意。我们在餐厅用的食物是专供外国人的。这很正常，只是菜式很单一，很多食材都没有。毕竟是那个年代！

1984 年，我再次访华，看到了一些变化，但都很细微，不用心可能很难感觉到。我是来参加学术会议的，会场上的气氛比较放松了。我见到的中国人，衣着仍没有大的改观，只是女士们有些变化，发型不再那么单调了，衣服的颜色稍微丰富一些了。街上骑自行车的人，仍是一群群的，一掠而过。有些人骑在自行车上，还大声说着话。他们的声音和自行车的响动交错在一起。

1989 年，我和太太一起来到上海。从浦东机场到外滩那一段，正在铺设第一条高架路。这是个大工程。上海在建设过程中，有过很多第一次，这条高架路就是其中之一。福州也同样，铺设机场到西湖的高架路时，我们刚好路过。因为是第一次见到，所以不知道会建成什么样子。首次访问长春、哈尔滨后，又过了十年，我们再次造访了这两座城市。这次我们是从哈尔滨开车去长春的。行驶在八车道的高速公路上，两旁的变化令我们应接不暇，再也辨不出原来的模样了。蒸汽火车哪去了?!

那段时间，我和太太不经常外出，可我们丝毫也不怀疑整个中国都在修路。外国媒体可不这样说。时至今日，中国仍然是到处修路。2019 年，我们应邀去江苏南通乡下参加一个婚礼。在这之前，我和太太去过很多农村地区。要赶上下雨天，我俩就不去乡下了，因为一下雨，土路就成泥河了。而现在，乡间小路也铺上了混凝土，还有配套的下水道、排水沟。当然，既是乡间小路，上面仍少不了泥土。毕竟，两边的农田都没闲着，还都耕作着呢。

中国的改革开放是先从农业开始的，目标是逐步实现农业现代化。经过改革，全国已经基本实现了粮食自给自足。这是一个非常了不起的成就，但中国没有停顿不前，还在继续深化农业改革。粮食自给自足了，水果等副食品也应有尽有了，人们的生活变得愉悦了。

在北京居住的时候，一到冬天，能吃上大白菜我就心满意足了。现在，中国的食物种类太繁多了，想吃什么都找得到。你如果意识到，中国耕地面积只占世界耕地的 9%，却养活了 20% 的世界人口，就更感到不可思议了。中国人日常生活的质量大幅提高，健康状况得到了改善，人均寿命也延长了。

从城市到乡村，人民群众的生活普遍有了改善。农村的变化更为明显。我经常说，只有经济改善了，才会带来文化复兴。只有填饱了肚子，不担心下顿饭的着落了，人们才容易考虑文化。我看到和观察到的中国的发展是方方面面的。中国经济充满了活力，本土品牌迅速翻红，替代了外国大牌。这也是一种文化，飞跃发展的文化。太快了，众人都快跟不上了。我一生都在研究中国文化，纵观中国历史长河，现在的中国文化是最具活力的，太活力四射了，衬得欧洲文化像是在走下坡路了；而那几个移民国家的文化，就显得更衰落了。

说到生活条件的改善，我对集中供暖和空调的普及印象很深。中国以长江为界，分为南方和北方。一到冬天，北方集中供暖，是政府统筹安排的。南方使用空调，过去有限量，现在不怎么限制了。空调用的是电，电力成本比较高，对有些家庭来说，这是一笔不小的开支，但即便如此，仍有越来越多的家庭用上了空调。

过去，北方取暖用的是烧煤的锅炉，污染比较严重。现在，天然气取暖炉正在取代锅炉。取代的过程有点缓慢，毕竟北方太寒冷了，不能一刀切。住在北京胡同的时候，我家用的也是烧煤的锅炉。煤炭用完了，就得出去买，然后雇辆三轮车运回来。

至于空调，很多写字楼、商场等公共场所，很早以前就已经安装了，可我真不知道那时候老百姓是否也用上了。我知道中国人一向很节俭，不像外国人那样铺张浪费，并且也越来越有环保意识了。很多国家已经发现，中国不允许垃圾进口了。2019 年，上海开始实行垃圾分类。这项举措虽不能立竿见影，民众也不可能接受那么快，但从我们小区来看，这项举措已卓见成效。小区每条道上都摆着垃圾桶，分类很齐全。整个小区非常干净，与十几年前有着天壤之别。

空调普及的那些年，通信和电力系统也完成了升级改造。我还记得北京以前的电话亭，要打个电话，得排长队。打长途电话最麻烦，必须要和通话的人提前约好时间。酒店虽然有电话，但要打国内、国际长途电话，不得不靠接线员接转。

1984 年在北京的时候，我想打两个电话。一是打给母亲，告诉她我什么时候回欧洲老家；二是打给比利时有关部门。那些年，我仍是预备役军官，得按时点个卯。于是，我跑到长安街上的中国邮政大楼。它是当时北京唯一一个带霓虹灯的大楼，霓虹灯也只有一种颜色，红色。等了大约两个小时，我才排上号。填表格，接受检查，再到付费，颇费了不少功夫。那一番折腾，我至今还记得一清二楚！

住在北京胡同的时候，我家只有一条电话线。那个四合院不仅是家，还是大苹果的办公室。因为要用传真，就得再接一条电话线。从申请到安装，花了起码六个月时间。年轻的读者可能不知道什么是传真机了。要发传真的话，得先拨通对方的电话号码，等对方发出信号——我们称之为“爱的信号”——文件才开始在感光纸上传输，速度非常慢。收到的传真还得复印下来。不然，过上几个月，上面的字就看不清了。

在台湾工作的时候，我们也用了好几年传真机。有些人可能还记得传真机的外观和声音。客户和我们的时区不同，有的差六个小时，有的差九个小时。我们白天发传真，对方可能正在睡觉。等我们梦回唐朝了，对方把传真发来了，打印装置咔嗒咔嗒作响，可我们不能因为嫌吵，就把它关掉。再说了，传真用起来很贵，文件多的话，员工还得跑邮局。

如此过了好多年，电子邮件出现了。我们也有了自己的第一个电子邮箱，但那时的宽带太窄了，传输速度太慢了。磁盘的内存更有限，只有 7 KB 的空间。无法传输的大文件，仍然要邮寄。现在，一个 38 MB 的手稿，从下载到存进 4 T 的硬盘内，几分钟就够了。不但速度极快，而且还没有污染。在这个气候剧烈变化的时代，太需要减少污染了。

2019 年 2 月 5 日上午 11:03，我签署了一套文件，扫描后，用电子邮件发给了马来西亚纳闽联邦直辖区。就在同一天上午，11:08，对方回复文件已收悉！现在，我们习惯了这样的便捷。人们要的就是速度。其实，太快了也不好，就没有时间反思了。但是，比较一下 2019 年和 1984 年，就会知道时代的变化究竟有多么大！

自从有了电子邮件，工作是不是非常方便了？是的。工作量是不是也大了？是的。每天邮件太多了，我们只好摸索出一个办法：把邮件分成三类。一类是当天必须回复的；一类是次日回复的；剩下的，等不忙了再回复。第三类经常是忘了回的。

在我太太现在的办公室，还有一条座机电话线、一台传真机。这两个老古董还没退休吗？不是的，只是没人管它们罢了。我们现在用的打印机是无线的，自带扫描仪，打印合同等文件后，只消扫描一下，用电子邮件就能发走了。十几年前，在大苹果的上海、北京和台北办公室，员工对外联络用的是 QQ。QQ 提示音像电话铃一样，整天响个不停。2019 年 10 月，上海率先进入了 5G 时代，5G 电话卡能兼容 4G。你就是去山区、沙漠，手机也不会没有信号。

(二) 公共交通

现在,14 亿中国人不但能吃饱饭了,吃的花样也多了,并且还拥有世界上最好的道路系统,无论是公路、铁路,都是目前世界上最棒的。中国航空业也在迅速扩张,新机场遍地开花。

在公共交通建设方面,最引人注目的是中国高铁。一条条高铁从无到有建起来,铺铁轨、建车站、搭建配套设施,哪一样不需要时间呢? 可中国只用了十年光景,就建成了四通八达的高铁网。目前,中国高铁总长 29 000 公里,超过了日、法、德三国的总和。到 2025 年,中国将建成 38 000 公里。这些年,列车还多次成功提速。2002 年,特快列车的时速达 160 公里;现在的高铁每小时能跑 450 公里。中国高铁太成功了,太受欢迎了。

至于上海,除了升级铁路系统,还新建了一个大站:虹桥站。站内有个步行通道,直通虹桥机场第一航站楼。整个虹桥站非常大,它既是机场,也是地铁站、汽车站,更是高铁站,每天高铁流量达一千多趟。你不用出站,就能换乘不同的交通工具,只消走过去换乘就行了! 有一点要注意:虹桥站人太多了,太挤了! 你要是在上海居住的话,就见多不怪了。

英国曾经有过建高铁的打算,但因政治原因,计划陷入了泥潭。美国原本也打算在加州建一条高铁，从旧金山到洛杉矶的，但2019年5月，白宫取消了这个计划，特朗普不许联邦政府拨款建造。而中国，随着公路、铁路建设的展开，开通了一条又一条隧道，架起了一座又一座桥梁，包括规模宏大的跨海大桥，如港珠澳大桥。西方媒体却说，这座大桥是政治工程，他们忘了港澳是中国的领土，忘了建桥筑路能带来经济利益。还有一座跨海大桥，离我家比较近了，即上海—杭州跨海大桥。自从这座大桥竣工，往返这两个城市真是方便啊。

一些西方媒体经常说，中国高铁不安全。中国高铁自开通以来，的确发生过一次大的事故，即2011年7月23日的温州高铁事故。但是，这起事故不是人为的，罪魁祸首是雷电。没错，雷电的确不安全，也难以预测，但正是由于这起事故，现今中国所有的高铁都加了一个功能：防雷电功能。开往青藏高原的动车，窗户上还多了个防紫外线的功能。

至于英美两国的铁路系统，与中国相比，都已经是老古董了。英美一条高铁也没建，原因不在于没钱，而是因为这两个国家的态度。它们不想接受世界上高铁发展最快的国家中国的建议或参与。英国把一个高铁订单给了日本财团，因相互扯皮，日本人失意而归。英美的这种态度，我一贯称之为“再次发明火药”。可是，没几个英美人知道，火药是几个世纪前中国的发明，诺贝尔做的只是改进。

中国的老火车基本上都是绿色的，现在也有。有一个新词就是叫这种火车的，即“绿皮车”。没通高铁的地方，就靠绿皮车了。偶尔，因日程冲突，我和太太还会买软卧，坐夕发朝至的火车。如果要去的地方通高铁，五至七个小时就能到的话，那我们还是坐高铁列车。

中国高铁建设成绩斐然，但中国没有满足于现状，更没有驻足不前。除了高铁列车，中国还有磁悬浮列车。上海浦东机场就开通了一条，八分钟左右就能开到市中心了。要是打车，即便幸运的话，也得要一个小时。最近，时速600公里的磁悬浮试验车在青岛下线。北京至上海如果也通磁悬浮列车的话，就不用在路上耗四个半小时，三个小时就能到了。

着眼未来，中国正在研发超级高铁。超级高铁运用的是磁悬浮真空管技术，时速是现在的十倍。二十年前，我看到外国在酝酿超级高铁技术，没料到是中国在把设想变为现实。中国人一旦设定一个目标，就会千方百计去实现。每个人只要心灵开放，睁开眼睛看一看，就会发现这一点。我不是在给中国做宣传，中国这些举措的确给老百姓带来了便利，让他们的生活越来越舒适便捷。

我喜欢中国科技，因为它们为老百姓提供了各种便利，收费却很低廉。公共服务，顾名思义，自然应当服务于大众，不能以追逐钱财为目标。国际上一些大公司大都是私人的，行事自然只以利字当头。

在中国，乘坐火车和公共汽车的人很多。公共汽车的车票最便宜，既可在城市中通勤，也能往返于城市和乡村。过去，甚至还有长途卧铺大巴，但因交通工具的大变革等原因正逐步被淘汰。我年岁大了，没有坐过这样的车，怕坐上受不了。

中国之所以有卧铺大巴，是因为它们很方便，能开到全国每一个角落。我知道的跑的路途最长的一辆，是从兰州开到长春的：三个司机轮流开，除了加油、乘客方便的时间，二十四小时一直开。要是我十几岁时知道有卧铺大巴，就算只是为了体验一下，我也会坐上一回呀！

中国城市里的公交车怎么样？过去的公交车很破旧，可谓柴车破弊不堪恳。烧的是柴油，车尾冒着浓浓的黑烟。以前，比利时的公交车也很破旧，一形容它们，我们就说是用口香糖拉成的丝粘起来的。现在，中国的公交车都换了，非常新，非常舒适，车上既不嘈杂，也无难闻的气味。上海市的公交车都是电车了。

在不久的未来，中国将全面禁售燃油车，汽车尾气排放标准也严格了，要求必须达到欧盟排放标准。至于中国国内汽车市场，不会像外国媒体宣扬的那样一溃千里。谁还会再买燃油汽车呢？

我家买的就是一辆高档电动车，中国国产的，比特斯拉电动车强多了。

至于地铁，中国很多城市都在建。目前，上海地铁总长650公里，位居世界第一，若全部完工的话，将达到900公里。在神州大地上，汽车早已取代了自行车。至于电动汽车，几乎全是本土设计、本土制造的，外国已经落伍了。汽车充电桩到处可见，连地下停车场都配上了充电设备。要是开到半道，你发现电动汽车没电了，别慌！只消打个专线电话，不多时，就会有人开着辆小卡车，出现在你面前，迅速帮你换上电池。当然，这项服务不是免费的。在中国，要想吸引更多客户，那就记住一个关键词“服务”。就在服务上做文章吧！

中国的航空业也在迅速发展，这让人们又多了一种出行方式。现在的中国人，坐飞机的越来越多。他们订张票，说走就走了。来过中国的老外，一定见过巨大的崭新机场里人头攒动的场面。

我记得以前坐中国民航时的经历。提前两个小时到机场，等着飞机起飞。可动不动它就晚点，我就一直等啊等啊。那时候，中国开通的航班刚开始多起来，飞机晚点也不令人意外。我不是挑中国民航的毛病，毕竟在那个年代，工作人员还都没什么经验呢。

我第一次从北京去香港那天，飞机起飞时间是早上7点，凌晨 4 点我就离开酒店了。本想着上飞机前能吃点东西，可机场一个卖食物的商店都没有。飞机在高空平稳飞行的时候，空姐才给乘客发了个冰淇淋。我记得很好吃。以前住在苏联的时候，我也经常坐飞机，苏联航班也经常晚点。与中国民航飞机相比，苏联航班可就吓人了。有次从莫斯科飞东柏林，我发现厨师竟然用明火做早餐。

后来，中国航空公司逐渐增多，行业竞争也越来越激烈。各个机场都完善了设施，跑道增加了，雷达增多了，飞行控制得到了改善。当然，这都需要不少时间。随着国内、国际航班的增加，乘客也越来越多了。中国公民不需要工作单位批准就能申请护照，乘客数量连年上升。因此，就要建更多新机场了。上海现有两座机场：虹桥 2 号航站楼飞的是国内航班；浦东机场国内、国际航班兼而有之，但国内航班少一些。

如果在中国境内坐中转航班，还是有点麻烦的。很难避免延误的问题，天气原因最容易造成延误。上次我们从兰州回上海，要在机场先等航班从上海飞过来。上海当天天气太糟了，没法按时到达。我们在机场多等了两个小时。

航班延误倒没什么，主要是信息不明会让乘客等得很心焦。这一点倒是可以改进，但也不能全怪航空公司，乘客自身还没有清醒认识到天气变化带来的危险。尤其是当飞机在云层上面飞行的时候，一遇到恶劣天气，风险就会大幅提高。其实，飞机起飞前，会有一番例行检查。万一有机械故障，飞机无法准时出发了，乘客同样会焦虑不安。然而，天气尚可以预测，故障却是难以预测的！

（三）服务

前面既说到服务，那我得赞一赞中国的快递服务。这个行业发展太快了，越来越多的边远地区被逐一覆盖。自从我搬到中国，民营快递公司不断涌现，成为邮局的强有力竞争者。

以前，每次寄信、寄包裹，我们公司的秘书就得跑趟邮局。就这么来回一趟，她得忙碌整整一下午。现在，只要给快递公司打个电话，快递员就会上门服务。如果是急件，比如，我们在上海的某个包裹，必须次日早上到达北京，那就在当天下午 4 点前把它交给快递公司就行了。

邮政系统仍然在运营，民营快递公司增补了邮局做不到的业务，比如急件收取和投递。绝大多数小包裹、信件之类的，都能走空运，但大件物品一般走陆运。我所看到的中国快递行业，不是说有了科技的助力，却没取代既存的邮政体系，而是说民营快递公司提供了更佳的服务，尤其是速度这方面，让人们更省时省力了。外国人一直认为，中国是一个很有耐心的民族。从快递层面来看，我可没看出来他们有耐心。还有，中国人只要一排队，就排得很紧，几乎是前胸贴后背，一点缝儿都不留。其实，那是怕有人加塞儿！

有位年轻的朋友以前在上海工作，几年前，他回四川成都助力果农了，比国务院推出乡村振兴战略还早呢。他老家坐落在成都郊外的一个深山里。那边有很多果园，出产的都是有机水果。但要把水果运出去，一趟就得十几个小时！蜀道太难走了，运输成本太高，果农辛辛苦苦劳作，却挣不到钱。

后来，随着通往成都的公路修通，三个小时就能把水果运出来了，并且那条路一直通到成都郊外的水果批发市场。这位朋友还在网上销售，市场再也不局限于成都地区了。不只成都，很多大城市也在郊外建了批发市场，大货车每天也能多运几个来回。

近几年，航空运输业迅速扩张，给传统销售链造成的冲击不小。过去，易腐烂的水果、食品没法长途运输，现在能走空运了。成都这位朋友经常给我们寄水果，有苹果、橙子等。他当天下午寄出，次日早上就到我家了！成都离上海 1 700 公里呢。

至于中国的公共服务，我只举一个例子吧，它真令我吃惊！有位朋友在珠海附近开了家工厂，那一片是工业区，有许多生产电子零件的大工厂。一到发工资那一天，邮政储蓄银行就派辆卡车，停到他工厂的前面，提供移动存储服务。实体银行营业部离工厂都很远，有了移动服务，工人们再也不用跑远路了，现场就把钱存了或寄回家了。这就是我说的公共服务，实在是太高效了，称得上公共服务的典范。

只要有人愿意听，我就总是说中国的人口。既然有 14 亿庞大人口，那服务业自然蒸蒸日上。整个欧盟也就 5.2 亿人，美国也就 3.3 亿。截至 2021 年 2 月，美国人口更少了，因为疫情，50 多万人失去了生命！

中国最大的节日是农历新年。一到过年，春运人口就浩浩荡荡。他们有的开车回家过年，有的坐火车或飞机。近几年，有些农民工甚至骑摩托车回去。为保障他们的安全，交警在限速 120 公里的高速公路上，特意为他们开道护航。至于美国，在最重要的节日期间，比如感恩节，旅行人数才 5 000 万，不到中国春运人口的一个零头！ 2021 年 5 月 1 日，很多国家都过了劳动节，中国放了五天假，这是 2020 年疫情以来第一个黄金周，国内旅游出行人次竟然高达 2.3 亿。

(四) 沙漠治理

中国有好几个大沙漠，如戈壁沙漠、塔克拉玛干沙漠等。戈壁沙漠的面积位居世界第五，塔克拉玛干沙漠是世界第二大流动沙漠。塔克拉玛干沙漠随着风向而流动。当代地理学家有所争论，有的认为它是一个独立的沙漠，有的认为它是从戈壁沙漠分离出去的，当是戈壁沙漠的延伸。当年，在塔克拉玛干沙漠的深处，斯坦因发现了楼兰古城，并记下了它的坐标。十五年后，他再次去，却找不到这座古城了，因为沙漠的位置已经变了。

我个人非常喜欢沙漠，觉得沙漠非常迷人。沙漠里雨水稀少，可一旦下雨，植被就会开出花来，仙人掌也会变得郁郁葱葱。沙漠里的植被扎根很深，阻挡着尘沙，使其无法向无沙地带蔓延。植被生长离不开水，若用传统方法浇灌的话，那就太浪费水资源了。以前住在台北的时候，我经常飞伦敦，中途飞经曼谷，以及阿拉伯大片大片的沙漠。当黄褐色的沙漠从眼中消失，绿意盎然的景色浮入眼帘的那一刻，我就知道飞到以色列东部边境的上空了。那儿原来也是沙漠，以色列种上了灌木等树木，把沙漠成功逼退了。以色列还研发出很棒的灌溉系统，使得每株植物都能得到灌溉。中国借鉴了以色列的做法，在治理沙漠方面也是成绩斐然。

我一般是坐飞机去宁夏银川。第一次去的时候，就在飞机着陆之际，我看见下面只有小块小块的绿色田地。第二次再去，我发现小块的绿色田地变成了大片的林地。随着飞机飞得越来越低，我能看到林地里工人正在为树木浇水，林地四周的区域也已经变绿了。在整个着陆过程中，我注意到，曾是黄沙遍地的银川，已经绿意盎然了。

植树造林能阻止沙漠的进军。中国政府大力提倡治理沙漠，很多公民也纷纷加入治沙活动中。经过几代人的不懈努力，中国四大沙漠之一的毛乌素沙漠即将消失了。茫茫沙海变成了绿洲，不毛之地织成了锦绣！

以色列边境和阿拉伯沙漠相连，但连着的那段边境线很短，中国的沙漠延伸得可就长多了。要想把沙漠全部化为良田、牧场，恐怕还要花上几十年。以前，银川周边的沙地是荒地，现在开采成了葡萄园。成熟的葡萄用来酿酒，效果很不错。如果不看酒瓶上的标签，你还以为是从法国南部或意大利南部进口的呢。

如果哪位想去大西北的荒漠地带看一看，不妨走最近开通的京新高速（G7）。它长达 2 540 公里，从北京一直通到乌鲁木齐。沿途经过内蒙古的呼和浩特、阿拉善，也经过中国卫星城酒泉。这条路太长了，跨越北京市、河北省、山西省、甘肃省和新疆维吾尔自治区。其中，临白段全程 930 公里，途中横穿巴丹吉林、腾格里和乌兰布和三个大沙漠，还有长达500公里的无人区。那儿了无生机，既没有水，也没有植被。这条路上还有个“魔鬼城”。它不是一个真正的城市，而是敦煌雅丹国家地质公园。敦煌这个建在绿洲上的小城，因莫高窟而在世界上享有大名。从敦煌出发，沿着戈壁滩，往西开上两个小时，就到玉门关了。从玉门关再往前开一个小时，就能看到“魔鬼城”。

在西方人对中国雅丹地貌的探索史上，有一则令人悲伤的故事。雅丹地貌是罗布泊地区的一种特殊地貌形态。罗布泊是块非常干旱的盐碱地，极为凶险。就是在罗布泊，斯文•赫定险些命丧黄泉。他的两名同伴就没那么幸运了。他们倒在了罗布泊，没能生还。

植被生长自然离不开水。中国的水资源分布很不均匀。南方雨水丰沛，北方雨水不足，大西北特别干旱。中国采用“南水北调”的办法，缓解了北方用水难的问题。三峡大坝起着不小的作用，它减轻了洪涝灾害冲击长江下游的危险。上海约2 500万人，用的就是三峡大坝发的电。在上海居住了二十二年，我还没碰到过停电断电的情况呢。

（五）社会治安

自我第一次来中国的那一年以来，中国城市人口就在大幅增长了。中国的城市不停向外扩张，城里的道路向外延伸得越来越远，原来的郊区也成了城市。像北京、上海这样的超级大城市，都扩展到邻省了。

在这个人口众多的国家，在任何一座人潮汹涌的城市，在茫茫人群中，保安很容易辨认。公共场所、住宅区，都有身着制服的保安。他们的制服和警服很像，但中国人都知道，那服装既不是军装，也不是警服。

外国游客来到中国，一看到各种各样的制服就糊涂了。外国媒体对中国摄像头的解读，是不乏错误和偏见的。外国游客对保安的解读同样也有错误。中国警察很容易辨认，因为他们制服上有警牌，上面用中英文标着“警察”字样。

中国的辅警也可能把老外弄糊涂。他们制服上也有标记，标着辖区名字的第一个字母。他们工作的地盘仅限于所辖区域。辅警有些小的权力，比如劝阻乱穿马路等违反交通规则的人，但无权罚款。如果现场有叫警察的需要，他们就会打个电话，警察几分钟内就会骑着摩托车赶到现场。作为居民，我们认为这种安排很有条理，可老外觉得很乱。

在中国，常见的“犯罪”行为是盗窃、破坏公物之类的（自从有了微信支付，小偷大都失业啦）。这绝不是中国独有的现象。为了安全起见，人们把现代技术派上用场，比如使用摄像头，预防犯罪行为的发生。住在这里的我们，以及我们的中国朋友，都没有觉得摄像头侵犯了隐私。其实，我们喜欢摄像头提供的安全保障。

马路上自从装了摄像头，交通状况有了很大改善，司机不再动不动就按喇叭了，行人也不再乱穿马路，都规规矩矩走斑马线了。很多行人，包括我和太太，好长时间才习惯了这样一个改变：汽车司机不再不避让行人，一看到行人穿马路，他们就会把车子停下来！不过，行人有时并不为司机考虑。哪个行人如果硬闯红灯，交警看到了，就会出具一张 20 元的罚单。

几年前，上海市开始使用大数据开罚单，处罚交通违章行为。自从使用大数据后，上海就经常“下雨”啦。有时分明是个大晴天，天上却落下“雨点”来。其实，我说的不是真的雨点，而是罚单。哪个司机如果被抓拍到了，自然要交罚款，还要被扣分。

每张驾驶证每年有 12 分，持证人如果被逮着违反交通规则，就会被酌情扣分。分数扣完，驾照就会被吊销。这意味着，要回驾校重新学习。持外国驾照或国际驾照的老外，需要通过笔考，才能在中国开车。上海车流成河、人潮汹涌，开起车来够费劲的，但总而言之，上海的交通是很安全的。

在我居住过的所有真正的大城市中，上海是最安全的一个、最干净的一个，也是公交最为便利的一个。哦，这么说似乎也不对，我忘了布鲁塞尔了。我曾经在布鲁塞尔城墙内的老城区生活过好多年，也是在那儿上的学。但是，那个老城区非常小，南北长约 7 公里，东西长 3 公里多点，常住居民大概只有 5 万。老城区的街道不准汽车通行。在我所知道的城市中，布鲁塞尔已经成了最无聊的一座了。而在上海，每一年、每一月、每一天，街上都是车水马龙，人头攒动。

第三节　未来

（一）未来已来

我们过去憧憬的未来已经来了。它仿佛悄无声息的猫爪，来得无声无息；又像是从虚空中降落下来，气息覆盖了全中国。从灯红酒绿的大都市，到淳朴静谧的小村庄，未来的气息无所不在。我也经历了这个过程，可我没有完全意识到，未来说来就来了。我的中国朋友、熟人和邻居也一样，也是一点一点察觉到的。如果某一天，你去别的小区看看，或者去一个很久没去的城市，你就能发现巨大的变化。就像我们时隔十年再去福州、长春和哈尔滨一样，眼中所见皆是变化。中国各地的变化带给人的不只是吃惊，还有十足的震撼，因为这些变化是积极向上的，令人感到既舒适又舒心。

客居中国的其他老外，对中国这些年的变化，有着什么样的感受，我不知道，因为我不认识他们。有几位朋友出访过中国，从他们口中，我听到过一些看法。也有些老外到中国旅游，发表了游记、视频等，我看到他们对中国的看法有些是很负面的。外国媒体较少发表对中国的正面言论。我的一位朋友就误信了外国媒体的报道，以为中国高铁很不安全，缺乏安全保障措施，还经常发生抢劫等。所以有次来中国，他竟然拒绝坐高铁列车，其实这种想法很可笑。

一个人如果到了一个陌生的地方，就会对这个地方产生一种印象。就算再过几年，他再次访问这个地方的时候，脑海中浮现的仍会是过去的印象。既有的印象很难改变，再加上变化太大，连上次所见的参照物都找不到了，那就更会感到无所适从。如果不想迷路，那就找最具标志性的建筑，把它当成参照物。这样的建筑一般不会拆除。

我个人很喜欢中国的变化，因为亲历过，所以深有感触。我感觉中国和欧洲有着相似之处：都有着古老悠久的文化。美国文化很肤浅，美国的太平是粉饰的太平。过去二十年，我见证了美国对中国的影响力日渐消退，中国越来越多地借鉴坚实的欧洲。当然，在中国的大城市，到处可见高耸如云的摩天大楼，这一点与欧洲很不同。要知道，中国的人口比欧洲多得很。一个是 14 亿，一个才 5 亿左右。

“二战”后，在我自己的国家，我也见证过不同程度的改变。那些遭“二战”破坏的地区，用了一二十年，才消除了战争的痕迹。有些破损的建筑，比如教堂，人们没有把它们拆除，而是留作对“二战”的纪念。至于中国，自1840年鸦片战争开始，遭到了前所未有的巨大破坏，以致满目疮痍。在整个世界历史进程中，这种破坏也是前所未有的。

后来的毛泽东时代，我称之为“中国找回自己名字的时代”。这个时代把“中国”这个名字重新放到了世界地图上。改革开放后，中国发展成为世界上最重要的经济体之一。读一读亚当•斯密的《国富论》（1776），你就会知道，“中国一向是世界上最富庶的国家之一，也就是说，是土地最肥沃、耕作最精细、人口最多且人民最勤劳的国家之一”。至于习近平时代，我已经看到在巩固成果了，这个时代会让中国进一步巩固、加强自己在世界上的大国地位。

改革开放带来的变化是剧烈的，也是非常深刻的。在改革开放过程中，难免会出现这样那样的问题，人们不妨去面对。现在我们回首过去的一些问题，当时看似严重，但回过头来再看，就会发现它们只是一些间歇性的小问题。有些问题是可以预见的，有些则不然。我把间歇性的小问题归到了历史注脚的范畴。说句实话，人们在阅读史书的时候，是不怎么看注脚的。

(二) 中国高科技

在前面的“告别过去”那一节，我提到了通信技术的变革。在欧洲工业革命之后，通信革命算是又一次重大的技术革命了。在此，没必要写出详细的历史了，我只提醒一点：通信技术的研发，是德国科研机构在本国和欧洲其他地方完成的。德国科学家从最初的理论研究，再到开发出技术，做出了卓越的贡献。20 世纪 20 年代末 30 年代初，因战争的迫近，其中一些科学家移居到了美国。留在德国境内的那些科学家，有的被美军俘虏到美国去了，有的被苏军俘虏到了苏联。

时至今日，导弹在人们眼中已经不再那么神秘了。其实，导弹最初的研发，也是德国科学家完成的，率队的是沃纳·冯·布劳恩[1]。研发地点是一个秘密基地，它在波罗的海附近的一个小岛上，即佩内蒙德[2]。美军捷足先登，首先到这个岛上俘虏德国科学家，所以网罗了德国最优秀的人才。苏联迟了一步，但苏联得

1 沃纳·冯·布劳恩（Wernher von Braun，1912—1977）：德国著名火箭专家，人类航天事业的先驱。

2 佩内蒙德（Peenemunde）：纳粹德国在这个岛上设了个火箭导弹试验基地，因研制出 V-1 和 V-2 导弹，这个地方名噪一时。

到的那些科学家非常勤勉，都是些长于操作的实干家。其实，早在 1938 年，德国两位科学家就已经发现了核裂变现象。万幸的是，希特勒没有意识到这对战争有什么用处。

在核武器的研发上，美国人是领头羊。正如前文所言，中国在研发原子弹的时候，已经是新中国时期了。中国的研发速度非常快，不可避免地造成了对美国的挑战。为什么给美国带来挑战的不是日本或韩国呢？主要原因不在于国家是否富裕，而在于人力资源。中国不但拥有超凡绝伦的顶级人才，还拥有非常规范、非常完善的教育体系。

中国的教育体系在世界上首屈一指。中国高考非常难，也非常严，堪称千军万马争过独木桥。能考上的都是人中龙凤，能读博的更是一等一的人杰。别告诉我说，中国十几亿人，挑不出五百个能读尖端科学的博士。美国人口 3.3 亿，一场疫情，又失去了几十万。在此，我不需要再举例推演下去了。

如果我小时候是在中国受的教育，恐怕我也考不上大学。我太太对朋友们说：Luc 要是在大陆上学，恐怕连幼儿园都毕不了业；还有，他动不动就逃课，大陆学校一定会把他开除掉。她说得对，我母亲给她证实过！但这个话题我就不多说了。

至于美国人，他们很排外，不喜欢拥有外国学位的学者。我在芝加哥大学的亲身经历就是一个很好的例子。其实，他们是一群失意的败将，却怎么都不愿承认自己输了。

年少时候，我很想钻研宇宙天文学。意识到这领域的工作是团队工作后，我放弃了，但我的兴趣没有消退，我一直关注着太空研究和射电天文学领域。在这两个领域，美国都败下阵来了。

美国在美属波多黎各建了个射电望远镜，阿雷西博望远镜，口径 305 米。美国一众官员，包括总统在内，都不停地说，这个望远镜的口径是世界第一。他们忘了贵州省那一个。在贵州平塘县，也有一个射电望远镜，口径 500 米。如果我没把地理位置弄错的话，它不就在中国吗？后来，阿雷西博望远镜的口径扩建到了 350 米，但就在 2020 年，望远镜的平台轰然倒塌了。[1] 美国没打算把它修好，也没钱再建一个新的了。

最近，中国在太空领域又取得了一项重大成就：月球车“玉兔二号”在月球背面成功着陆，并通过远离月球背面的卫星，把图片和数据传输到中国空间站。这究竟是怎样的一个壮举，我就不多着笔墨了，只顺带说一说美国。美国网友看到“玉兔二号”登上了月球，脑洞大开，纷纷表示要去月球再踩个脚印。但是，美国用的火箭发动机是从俄罗斯买来的，用了八年才制造出自己的火箭发动机。美国一向钟爱自己的军工企业，但这个火箭发动机

1 该望远镜建在阿雷西博天文台。2020 年 11 月 30 日夜至 12 月 1 日凌晨，因接收设备平台坠落，望远镜反射盘被砸毁。

却不是军工企业制造的，而是出自一家私人公司：特斯拉公司旗下的“SpaceX”。特斯拉公司颇有名气，SpaceX 的全班人马，包括创建人埃隆·马斯克，都是特斯拉公司的人。

2019 年 3 月 2 日，SpaceX 发射的龙飞船和国际空间站完成对接，开创了美国太空探索的一项新纪录。美国还有登月任务吗？美国宇航员会返回国际空间站吗？我希望会，但不抱太大希望，因为特朗普总统想把国际空间站卖掉了。按照现在的标准来看，美国这个空间站已经落伍了。它于 1998 年启用，轨道每年都有 28 公里的衰损。再说了，特朗普很不喜欢埃隆·马斯克。所以，有朝一日，即便中国火星车升空了，美国月球车也未必能发射到月球背面。

在太空探索领域，中国推出了一个超级工程，这是我最喜欢的一个工程：2050 年，中国要在太空建成太阳能发电站！我肯定活不到那时候了。考虑到人类的共同利益，我希望这个工程顺风顺水，马到成功。毕竟，人类能活在地球上的时间是有限的，食物、水源等，将来都会面临短缺的问题。经科研论证，这项超级工程既能有效缓解地球上的能源危机，也不会导致全球变暖。

在太空太阳能发电领域，一些技术已经有了，就看怎么解决相关的问题。最大的绊脚石是，如何解决太阳光聚集产生的热量。这也是国际上的一个大难题。我相信，假以时日，一定能攻克难关。至少，中国人已经在奋力攻关了。另外，在太空建电站，离不开巨额资金的支持。但现在有了3D打印技术，组件有望在太空打印出来。2050年，这个发电站一旦建成，就是世界上最大的发电站，每1平方公里将生产1 000兆瓦的能量。它和中国的射电望远镜一样，也让他国难望项背。

根据联合国环境规划署一份最新的报告显示，2010年至2019年上半年，中国是可再生资源的最大投资国，投资额高达7.58万亿美元，雄踞各国榜首。中国关掉了一大批煤矿，并利用废弃煤矿、积水露天矿坑，大力发展太阳能光伏项目。如此一来，这些废弃之物就被赋予了新的经济职能。

既提到可再生资源，那我就再举一个例子：在可燃冰方面，中国的成绩也有目共睹。2017年，中国在青海湖发现了储量惊人的可燃冰资源。可燃冰是一种新型能源，一旦实现开采，能供地球使用3 900年。

中国在科技领域的成功案例太多了，以上这些只是沧海一粟。至于太空计划，中国仍将一如既往地往前推进，但中国无意展开太空竞赛。几十年前，美国和俄罗斯两个超级大国热衷于开展太空对抗。中国和它们不一样，它对竞赛不感兴趣。大哲老子的思想，启迪了一代又一代中国人，至今仍深受喜爱和推崇。中国人深谙一个道理，即老子《道德经》中所云：夫唯不争，故天下莫能与之争！

美国国家航空航天局（NASA）的科学家，希望能和中国科学家展开合作，但美国法律禁止他们这么做。美国政治家和媒体认为，中国开展航空航天计划是出于军事上的目的，是为了控制整个世界。翻遍中国历史，我怎么没发现中国欺负过哪个国家或地区呢！翻遍我专长的欧亚史，我也没发现中国侵略过哪个接壤的国家呀！

哦，前面说到科技的时候，我忘了一项重大技术了，它就是量子技术。这项技术非常危险，一旦掌握了，那么不费一枪一弹，就能控制整个世界了！中国在这个领域已经领跑世界了。世界首颗量子科学实验卫星，中国“墨子号”，已经发射到太空，开启了全球量子通信时代之门。这种通信方式保障了机密性，能杜绝窃听和破解。助力“墨子号”发射的团队，人员非常年轻，平均年龄只有三十五岁。

除了量子卫星，中国还在研发量子计算机。我们现在使用的台式电脑、笔记本，和量子计算机一比，就都成了算盘。量子技术真的很危险吗？我不这么认为。在“地心说”大行其道的时代，要是有人胆敢提出“不科学”的“日心说”，那他就有被处死的危险！我所说的危险，就是类似这一类的危险。

通过在外太空观察量子的特性，科学家发现，宇宙间万事万物没有一件是偶然的。经常有人说：量子研究太难了，既然难，那就不如说量子技术太危险，别再研究了。还有人说，中国这样的国家，对我们充满了敌意。就算要研究，也绝不能让中国去研究……这些话是谁说的？是“我们美国”，有史以来最杰出的国家。谁说的？美国，美利坚合众国。

接下来，终于可以谈谈5G这个话题了。我很期待能早日用上5G。我最早用过的几台计算机，比如IBM一代计算机，显示器用的是阴极射线管，用弹簧支在地板上。计算机放在冷仓里，就算进去工作的时间不长，也得套上厚棉衣。至于网络，那个时代只有局域网，速度算是很快了，可与现在的相比，真是太慢了。

中国的4G系统已经非常卓越了。有了4G，我的手机就没断过信号。有次坐车从大理到丽江，途中有很多山谷。在那些山谷中，手机仍有信号。2018年，从敦煌到兰州途中，有一段是戈壁滩。在荒无人烟的戈壁滩上，手机也仍然有信号。而在美国，有一次，我开车从洛杉矶去拉斯维加斯。因为走的是“蓝色公路”，一路上手机没收到一个信号。从死谷返回洛杉矶途中，还是没信号。我以为这可能是年代原因，毕竟那个年代的信号本来就不好。可是，美国那边的朋友告诉我，都到现在了，那边的信号还是老样子。

开发5G的领头羊是中国一家民营公司——华为。这是一家非常成功的民营公司，它开发的产品比美国公司的更可靠，价格也更为低廉。这家公司还拥有许多关键性的专利。在美国，开发和拥有5G系统的都是私营公司，它们只以盈利为目的。华为也追求利润，但华为的利润之丰厚，令美国公司只有艳羡的份儿。

美国公司要求每个季度都要有利润，而欧洲和中国的公司高瞻远瞩，目光更为长远。我对商业不太了解，对公司的起落沉浮也不感兴趣，但我发现美国公司的哲学很奇怪：如果一家公司要破产了，如首席执行官等高管就带着“黄金降落伞”一走了之。黄金降落伞指的是美金，巨额美金。员工呢？只能面临失业的下场，很多人连养老金都保不住。

眼下的“华为事件”，绝不是简单的商业事件。美国政府为了保护落伍的本国公司，操纵华为事件，作为一种“曲线救国”的手段。据保守估计，硅谷要想赶上现在的华为，至少需要五年时间。并且，硅谷现在只有网罗世界顶尖人才，才能迎头赶上。然而，受阻于特朗普政府的签证政策，硅谷很难招到这样的人才了。

美国没有改变移民法，但措辞变了，致使原来的法律条文不再适用了。过去，硅谷依靠特殊专业人员签证（H1B），雇用外国术业有专攻的技术人员，其中70%的人都能拿到签证，但这些年行不通了。特朗普政府大幅收紧H1B签证，准签率降到了30%左右。况且，签证到期后，无法自动续签了；就算以前有过签证，移民局也不给续签。还有，外籍人士即便拿到了这个签证，也不能把自己的家人带到美国。已经在美国的配偶，不得在美国工作。除了上述限制，还有其他多种限制措施，使得美国不再具有吸引力了。

而其他国家纷纷开出了更具吸引力的条件，把去不了美国的英才纳入自己麾下。美国在特朗普的领导下，断了自己的后路。外国技术人才对这个国家的信心，无时无刻不在失去。而要修复，恐怕要花上几十年之久。

大家还记得爱德华•斯诺登吧？他原是美国中情局的雇员，被外包给美国国家安全局之后，在夏威夷一家签约的公司任技术员。2013 年 5 月 20 日，他带着美国国家安全局的大量机密，逃往中国香港。斯诺登披露说，美国国家安全局开出了几十亿美金，在全球实施绝密电子监听计划，即棱镜计划。德国总理默克尔的手机都被窃听、录音了。美国媒体好像不记得斯诺登的事了。这可太不专业了。

斯诺登先在中国香港停留，随后他去俄罗斯避难。如果有人认为中俄两国对斯诺登带走的机密不感兴趣的话，那就太天真了。斯诺登事件已经过去六年了，至于他携带的那些机密，现在也许已经到了该解密的时候了。

无论是按照美国国内法，还是国际法，特朗普做出的很多决定都是不合法的。但是,因为美元的霸主地位,很多国家都扛着美国施加的压力,却又无计可施。至于欧洲和中国,前者正在建立一个能避开美元的金融体系,后者也不要求用美元支付了。其实,美元的全盛期已经过了。法国法郎、德国马克,都已经退出了历史舞台,英镑也不再如日中天了。美元也必将重蹈这些货币的覆辙。

至于“华为事件”,特朗普的法律顾问出了个馊主意,禁止美国公司、个人向华为销售产品,否则将施以重罚。华为当机立断,提起了对美国的诉讼,真是大快人心。整个美国混乱不堪,联邦法院似乎还在运行着,它受理了华为的诉讼,可真正办起这个案子来,那叫一个慢。

美国大选太复杂了,一步跟不上,就会把形势弄错了。特朗普已经下台了,即便拜登再次当选,特朗普也有可能卷土重来。能够阻止他吗?除非他犯了刑事错误。按照美国一贯的做法,2024 年的总统竞选,提前三年多就已经开始了。

美国不但制裁中国,还制裁印度,因为印度没能向美国提供公平、合理的市场准入条件。至于美中贸易战,已经打到第二个年头了。我想,特朗普活不到一百岁,他看不到美印贸易谈判结束的那一天。印度很难缠,谈判必定是旷日持久的。

在印度境内,大的语言种类就有 120 种,还有 1 599 种其他语言。单是官方语言，印度宪法就列出了22种。如果印度代表只用卡纳塔克邦[1]的语言谈判，那美印又要谈判多久呢？卡纳塔克邦的语言是印度法定语言之一！

1 卡纳塔克邦：位于印度西南部，当地的语言为卡纳达语，属达罗毗荼语系。

第九章

中国生活之感受

第一节　回顾与感受

开始写这本书的时候，是2018年，即狗年。我第一次来中国那一年，也是狗年（1982年）。我的生肖是马，我太太属虎。岳父岳母也属虎，岳母比岳父小了一轮。朋友经常开我的玩笑：你一个属马的掉虎窝里了，那可如何是好？我就简单来一句：别跑就是了！有时候遇到新朋友，也会问起我的生肖。如果我们都属马，那距离一下子就拉近了。

在中国，我能感受到这个国家的传统文化。我喜欢观察，喜欢倾听，并且带着一颗开放的心灵去观察和倾听。我身边的朋友经常谈论生肖，也谈论中医，以及中西医结合的出色疗法。生肖用的是农历，不是格里高利历。他们按农历挑吉日良辰，有时候还找算命的人帮忙挑选好日子。

其实，我喜欢这样的老传统。我注重传统，因为是传统造就了"一个民族"。在我自己的国家，也有一些传统节日。后来使用了格里高利历，即公历，传统节日的日期就按照公历来了，但传统节日的地位仍然很高，高过了国家法定节假日。

在欧洲，每年5月1日是传统民间节日“五朔节”（May Day）。现在，人们仍把它看作是春季假期开始的一天。一到五朔节，年轻人就爬到油乎乎的柱子上庆祝。当代政治家把这一天定为“劳动节”，也是很有智慧的。

欧洲国家、中国和其他一些非移民国家做法一致，都把一些传统节日定为法定假期。民众可能没有意识到这一点，但这些国家考虑到了民众的心理或潜在的想法。欧洲中世纪的炼金术士、道家的炼丹士，掌握的就是人们的心理。前者没能把铅炼成金子，后者也没把朱砂炼成长生不老的仙丹。服了仙丹的那些人，反而死得更快了！

我是在改革开放时代来到中国的。1982年，我在中国停留了一周左右；1984年，待了近一个月。没来之前，我看了外国媒体对北京的很多报道，也见到了很多图片，我以为北京民生凋敝，一贫如洗。来了之后才发现，北京根本就不是破烂不堪的样子，只是让人感觉还很穷。那种感觉很难用言语来描述，外国媒体拍的那些照片是黑白的，也诠释不出那种气息。当时的主要交通工具是自行车，汽车寥寥无几。公共汽车非常简陋，像是快要散架了，车体也都褪色了。

在紫禁城漫步的时候，我感觉自己像是回到了小时候，只是没看到炮弹造成的满目疮痍。战争结束了，天下太平了。中国人的感受，是不是也和我们欧洲人一样呢？“二战”结束之后，连我们小孩子都知道仗打完了，可长辈却一直放不下紧绷的神经，他们总贴在收音机前听新闻。

“二战”刚结束，柏林封锁[1]就来了。从1948年6月24日到1949年5月12日，人们仍然日复一日地恐慌着。好在最后仗没打起来，炸弹也没再扔到我们的国土上。时间一天天过去，太平一点点回归。

我在北京见到的那些中国人，神态中也流露出了一种感受。那也是同样的太平感受吗？我没法知道了，因为当时在北京的时候，中国人和我们老外几乎没有交流。后来，随着我在中国住的时间越来越长，我的汉语口语得到了长足的进步，住胡同的时候，我和一些年长的人有过多次交谈。从他们的话语中，我得出一个结论：对于战争与和平的感受，中国人和我们欧洲人没有分别。

欧洲用了二十年修复战争造成的满目疮痍，重建只花了十年时间。而中国遭受的战乱长达一个多世纪，影响了几代人的生活。当然，我多少也了解一些“文革”，但我了解的信息来源于驻香港的西方媒体。它们的报道在世界上广泛传播，传得离中国越远，

1 柏林封锁：又称柏林危机，前后共三次，这次危机是其中的第一次。

内容就越离谱。作为一名历史学者，我憎恶偏听偏信的做法。那些媒体都一样，一上来对中国就是敌视的态度。毕竟，那时的香港还是受英国的殖民统治。

1987 年有了大苹果之后，我开始频繁地出入中国了，并最终留了下来。每来一次，我就会发现中国又有了新变化，我需要去吸收。中国一直都在改变，日新月异，永不停息。纵观我在中国的生活，主题也许该命名为“改变”。这是好的改变，是改进和完善。我感觉我的双足扎在了中国的土地里，我的家在中国，我习得的欧洲文化，开始融入到中国文化之中。令我欣慰的是，中国在食品、卫生、医药和防治污染等方面，借鉴了欧洲一些好的做法。

自从四十多年前邓小平开启改革开放大业，中国日渐崛起为一个超级经济大国，彻底摆脱了贫穷落后的旧面貌。文字难以描述这翻天覆地的变化，但不同年代的照片、视频，都展示得很清楚。1989 年，我和太太去了趟哈尔滨。去之前，我看过哈尔滨的很多照片，它很像是一座俄国风格的城市，地标很容易辨认。第二次再去，我却发现自己迷路了。东道主带我们去了一个滑雪场，从哈尔滨开车过去用了好几个小时。那是中国最早的滑雪场之一，比 20 世纪 60 年代我常去的瑞士滑雪场还要好（那个时候我没钱，去不了瑞士更好的滑雪场）。

从哈尔滨回长春，我们走的是单边四车道的高速公路。小汽车一路飞驰，险些超速，两个小时就到目的地了。在整个东北，道路变化只是一个很小的例子。哈尔滨所在的黑龙江省与俄罗斯接壤。漠河也归这个省，它在西伯利亚的东面，寒温带气候。漠河北部靠近北极圈，一到冬季就天寒地坼，与北极的气候无异。如果从漠河一路向南，就到云南边境的热带了！

刚来中国的那几年，我感觉生活起来有点难度。毕竟，我所熟悉的中国历史和文化，只是来源于书本知识。我得亲身去体验，才能不停留在表面文字的理解上。我的童年和青少年时期是在西欧度过的。欧洲国家的文化根基大体是相同的，再加上我掌握了多种语言，所以欧洲很多地方，比如巴黎、罗马、洛桑和巴塞罗那等，都让我有种很舒适的感觉。我只列举这几个城市，是因为它们在我生命中有过重要的位置。

1968 年去美国的时候，我也试着寻找舒适之感，却无果而终。原因不在于我根本就没尝试，而是我发现共同文化的缺失。欧洲各个国家的文化大致相同。美国却缺少共同的文化，美国东北部、南部、中西部、山区诸州和西海岸的文化差异实在是太大了，几乎是难以弥合的。

美国是个移民国家。来自各个国家的移民根本融不到一块儿，他们分散在不同的区域，长期不相往来。这对我来说，是一种全新的经历。美国所谓的大熔炉，一直都是一种幻象。

美国种族主义很严重，尽显狡诈之气，无孔不入。阶层划分很严苛，只看你有没有钱。学术界也是等级森严，只看你是否念过常春藤名校。这些对我来说，又是一种全新的经历。由于种族主义，以及美国的某些政策，我最终离开了这个国家。

很多老外都说，中国不注重隐私，个体更是缺少私人空间。我认为任何事物都有两面性。如果你不想融入一个人多的地方，那别来就是了。如果来了，那就不要停留太长时间。但凡去了一个陌生的地方，你感觉那儿的文化、生活方式和人们很陌生，别忘了一点：那儿的人们也觉得你陌生。

从 1982 年至 2021 年春天，我来中国快三十九年了。1982 年至 1986 年，我在中国是来来去去，但在那期间，我一直希望能在这个国家长期居住。所以，严格来讲，虽然没有住足三十九年，但在心理上和情感上，这个时间没有错。如果有谁强令我和太太离开这里，我俩还真不知道该到哪里去。在比利时，我没有可以投靠的亲人了。

我岳母仍住在中国台湾。她是一位可亲可敬的老人，今年九十五岁高龄了。家人经常开玩笑说：只要让她老人家有麻将打，那谁都活不过她。我太太有两个弟弟，一个在中国台湾，一个在美国加州。我和岳母都做过难民，她是到异乡避难的，我是到异国寻求的庇护。她那一代和我这一代的难民，剩下的都不多了。

我和太太在中国受益良多。我们在中国结为秦晋之好，还在中国拥有了很多朋友。虽然早期创业阶段比较艰难，但一路走来，我们亲身经历了中国的巨变。令我高兴的是，年轻的时候，我就立志研究中国边疆地区的历史了，尤其是研究丝绸之路，即“一带一路”的前身。

我的结婚誓言之一就是把欧洲书籍引进到中国，让中国读者更好地了解欧洲的文化和背景。我引进到中国的书籍非常多，连我都弄不清究竟有多少本了，我也不想弄清了。

我热爱书籍，也热爱赛车。2019 年 1 月，我和太太开着超级跑车，从吉隆坡满家乐（Mont Kiara）出发，沿着山路开到了云顶度假村。第一次在吉隆坡赛车的时候，我跑出的平均时速是 150 公里；第二次平均时速是 180 公里。人们送我个外号，“飞行的路克”，还给我的车起了个绰号“BB”，即碧姬 • 芭铎名字的首字母缩写。这位法国影星曾经是欧洲每个男孩子心中的偶像。我想把她的紧身泳装照贴在车窗上，怎奈马来西亚是个伊斯兰国家。哦，那还是入乡随俗吧。

我的超级跑车是辆“莲花爱丽丝”（Elise S-CR），是专为赛车定制的。我知道吉利公司买下了莲花汽车公司，但没保留这一款。吉利这么做是对的。听说，吉利希望让自己打造的莲花参加一级方程式赛车。我希望有生之年能看到这一天，看它出现在摩纳哥赛场上。摩纳哥的赛事是世界顶级赛事呢。

吉利已经推出了一款莲花赛车，外观帅气逼人，是我见过的最酷的一款。希望它的引擎效能也是卓越的。我车上的引擎是本田的，在马来西亚雪邦赛道上，我跑出了 305 公里的时速；一百八十度转弯时，时速达到 240 公里。赛车很好玩，真的很好玩！

至于我太太历莉，她希望我笔耕不辍。她自己忙着伺弄家里的花花草草，照顾笼中的鹦鹉。我家养了很多美丽的小鹦鹉。历莉颇有艺术天分，喜欢弹钢琴。她年轻时是室内设计师和服装设计师。香港有位知名的财经作家，其不少作品被拍成了电视剧，其中六部剧的服装设计是由历莉担纲完成的。

她还经常参加一个佛教团体的活动。有次，她问魏查理："院士，您研究了一辈子佛教。那您说，我可以把佛教作为信仰吗？"查理沉思片刻，回答道："你可以把它当成一种爱好。"虽是如此，历莉仍劝那些年轻人存好心，说好话，做好事。只是，这说起来容易做起来难，毕竟我们只是凡人，不是圣贤！

历莉热爱祖国，她一直为中国人取得的各种成就感到很自豪。2019 年 5 月，我们在日本看了一段花样滑冰的视频。选手是两位中国青少年，他们展现的精湛技艺赢得了满堂喝彩，让全场观众享受了一场视觉盛宴，更让历莉感触颇深。从这段视频中，历莉看到了中国同胞的巨大努力。她既感到骄傲，也觉得有丝遗憾，认为自己在艺术领域的投入不够，无法以个人才艺为祖国争来荣耀。我劝她说，20 世纪 60 年代，哪具备这样的条件。

2019 年 3 月 5 日，第十三届全国人民代表大会第二次会议在北京召开。在开幕式上，习近平寄语文艺界、社科界，要扎根本土，坚定文化自信。这番话令我感到非常欣慰，也点燃了我的希望。我想，一些中国年轻人正是因为缺乏对民族文化的信心，才有了迷茫心理，才有所怀疑的。其实，中国文化源远流长，我们一定能把信心找回来。

如果有谁说中国彻底丧失了自信，那我认为他一定不知道自己在讲什么。中国有一部电影，是根据武侠小说拍摄的，太好看了，可谓精彩绝伦，令人很放松，我特别喜欢。有些人却认为，中国功夫算不上是文化，可我认为它就是一种文化。文化要想传播到精英之外的阶层，离不开资金的支持，而中国早已过了捉襟见肘的阶段。

至于我的个人兴趣，一直都在历史上，即研究王国和帝国的历史。我太喜欢历史了，就把它当作了我的专业。但对那些王国和帝国是如何建立的，我不太感兴趣。我感兴趣的是它们鼎盛时期的文化，以及这些文化对周边地区的重大影响。

举例来说，15 世纪至 18 世纪中期，意大利有个豪门望族——

美第奇家族，统治着佛罗伦萨这个城邦。这个家族已经默默消亡了，但它给世界留下了一大笔遗产。没有它就没有佛罗伦萨城。它留下的家族教堂，成为意大利教堂的典范。这个家族的办公地，也成了欧洲最重要的艺术博物馆。美第奇家族还资助了众多艺术家，如但丁、提香、达·芬奇、米开朗琪罗等，不胜枚举。可以说没有美第奇家族，就没有文艺复兴。

美国也有富可敌国的豪门望族，但没有欧洲那么多。欧洲的罗斯柴尔德家族，美国的盖蒂家族、洛克菲勒家族等，统称为“强盗大亨”。他们也给世界留下了众多文化、艺术遗产。这些家族还建了很多大学、博物馆和图书馆。我曾工作过的芝加哥大学，包括我负责过的远东图书馆，都受到洛克菲勒家族的慷慨捐赠。盖蒂家族在洛杉矶资助建造的盖蒂博物馆非常现代化。要是你们去洛杉矶旅游的话，别错过这家博物馆。

其实，“强盗大亨”就是当代的美第奇家族。洛克菲勒家族是石油财阀，资助很多学艺术的年轻大学生，有些大学生却拒绝接受。这种做法未免有点欠思量。石油虽有耗尽的那一天，但艺术是永恒的！

现在，中国富豪也资助建造私立博物馆。上海就有一座这样的博物馆，名叫“观复博物馆”。观复博物馆位于上海最高建筑上海中心大厦第37层。我去那里参观过顶级金器展，其金器之多，制作之精细、之优美，令人叹为观止。在有着悠久文化的国家，一些豪门望族对自己的祖国和同胞很慷慨，这种慷慨也会延续下去。

2021 年 5 月，我们捐了一批书籍给菏泽图书馆。菏泽是地处中原的一座老城，以牡丹闻名四方，它的民间艺术、戏剧、武术也是远近闻名。这样一座新晋的三线城市，竟然也建起了私立博物馆，很有民族特色。

中国很多中小城市建了太多这样的博物馆了。所以，菏泽令我印象深刻的，不是博物馆之类，而是当地民众和官员。他们心灵开放，对知识充满了热情。从这座城市身上，你能看到整个中国的缩影。从他们身上，你能看到中国一直在朝着好的方向发展。他们一边坚守着传统，使其能够完好无损地传递到下一代；一边坐着时代的列车，奔向更光明的未来。

前面既提到文化，那我就说一说电视秀。美国电视秀都成了模板了，可我建议大家不妨远离它，去看一看法国、意大利、西班牙的，甚至德国、俄罗斯的。这几个国家的文化，从大众文化到高级文化，都和中国的文化更为接近，并且和中国文化一样根深叶茂，源远流长。

美国文化就不同了，它是一种移民文化，每个种族的移民有的是各自不同的文化，从来没有真正融合过。在当今 21 世纪的上半叶，移民文化更是一盘散沙。看一看美国电影就知道了，比如《星球大战》，拍了那么多续集、前传，你能消化几部而不感到厌倦呢？

这样的续集也好，前传也罢，没有丝毫的创意。剧作者只是在重复工作，逮着一个主题，翻来覆去地写，没完没了。这个电影系列迎合了大众口味，所以票房大卖特卖，成功得很。

欧洲电影却不这样。最著名的“007”系列，每一部都是独立的，互不牵连。主角邦德谁演都一样，他开的车都是“阿斯顿·马丁”，喝的是摇匀而不是搅匀的马丁尼鸡尾酒，剩下的就是剧情了。换成不同的故事就行了。伊恩·弗莱明创作的“007”系列小说也很值得一看。书里的很多细节，电影是拍不出来的。

这些年，我经常和年轻的海归聊天。有的是从欧洲留学回来的，有的是从美国回来的。前者大都是在法国念的书，有的在巴黎，有的在外省。在外省的那些海归，觉得社会形态、文化和中国很相像，所以感觉很舒服。

法国也有地域歧视，蒙彼利埃人不喜欢巴黎人，巴黎人不喜欢里昂人。其实，巴黎人看不惯巴黎之外任何一个地方的法国人。那些从法国外省回来的中国学子，一回来就能再次融入中国社会。

有些美国海归就不是这样了。他们认为，凡是中国的都不好，凡是美国的都是天下第一。我问为什么，他们答不出。我没再追问下去，因为他们的观念已经美国化了。在美国学习四年，再回到中国，他们反而感觉受到了文化上的冲击。

至于英国社会，仍然非常正式，就连我们欧洲大陆的人都感觉难以融入。但英国支持外国留学生，对他们很友好。英国海归不谈论别的，主要谈他们在英国受过的教育。

一个人无论在哪儿生活，先天环境中也好，后天环境中也罢，难免都会有起落沉浮的时候。有的人一遇到挫折，就觉得不蒙上天眷顾，歹运太多了，好运太少了。无论怎样，请记住一点：就算是在下雨天，乌云上方仍有太阳高悬。即便白天有乌云，你看不到太阳了，它仍然照着地球呢。傍晚，太阳下山，天黑了，我们睡眠不正需要黑暗吗？

这一节到结尾了，我引用一句美国俚语。20 世纪 50 年代末 60 年代初，这句俚语脍炙人口，深得人心，它就是“继续前行”（Keep on Truckin）。

第二节　中国，我的第二故乡

我喜欢中国，这里就是我的第二故乡。这个国家的语言、历史和文化，几乎耗去了我毕生的研究精力。也是在这个国家，我被丘比特的箭射中，娶到了一位非常传统的中国太太。她来自昔日上层社会的一个家庭。太太的父亲已经仙逝，享年一百岁整，他曾是名国民党海军少将，早年毕业于海军的摇篮——马尾海军学校。岳父的父亲也是国民党军人，担任过两个要塞的台长，一个是虎门炮台，另一个是闽江口炮台。

我在上海生活二十多年了。将来离开这颗蓝色星球的时候，我希望自己是从上海离开的。至于身后事，我和太太已经商量好了，打算实行树葬，把我们的骨灰撒在榕树下。

我说的中国当然不是一个虚构的国家，而是一个真实的中国。在任何一张清晰标注着国界的平面彩色地图上，人们都能把它找出来。在地图的右手边，我们能看到临着西太平洋的一大片黄色区域，它就是我们生活的国家—— 中国。

除了这个真实的中国外，世界上还有一个中国，即由于冷战，美国及其盟国所贬抑的中国。它们把这个中国和苏联相提并论。杜鲁门总统在任期间（1945—1953），针对中国，美国提出了一个思路：只要中国能和美国多接触，就能更早地遵循美国的模式，如国际关系模式、商业模式等。然而，这个思路最终证明是行不通的。

美国政客也深信，只要中国长期接触美国的政治思想、社会理念，一定会热切地接受美国的价值观。这一直是他们的幻觉，由于对历史无知造成的幻觉。其实，不仅无知，我还得揪出那个词来，即狂妄自大。

自“二战”结束，迄今已过去七十六年了。欧洲虽然受到了美国的影响，但欧洲人没有变成美国人，欧洲的国家、城市亦是如此，巴黎仍然是巴黎，意大利仍是意大利。美国事物对欧洲的影响只停留在表面。欧洲的各个国家，无论是在乌拉尔山西部，还是在东部，都是同质的（homogeneous）国家，几乎所有的欧洲人都有着共同的过去。

而美国，同澳大利亚一样，也是一个移民社会。在美国生活中，原住民没有一席之地。住在芝加哥的时候，我去波兰居民区走了走。那儿既有波兰人，也有很多德国人。二者如油水分离，融不到一起。你如果以为美国是一个大熔炉的话，那就错了。“大熔炉”只是一个概念，一种想法，或者说一种愿望。过去无法实现，自特朗普执政以来，也无实现的可能。早在这个想法出现以前，美国最早的那批移民——白人，经常把愤怒发泄到有色人种身上。在美国的黑人是非洲奴隶的后代，不能称作“移民”，因为他们不是自愿去美国的。

杜鲁门总统的错误思路，被特朗普搅得更糟了。他希望迫使中国听命于美国，事事遵循美国的模式、美国的价值观。特朗普乃一介无知之士，却自称是这世上最伟大的天才。他身边的那些“中国通”，凭空虚构出一个中国。从彼得·纳瓦罗的《中国杀：号召全球对抗中国巨龙》[1]中，就能窥见一斑。

在《完美的专政：21世纪的中国》[2]中，斯坦因·林格对中国的态度才是真诚的。林格是牛津大学的名誉教授，在书的一开始，他就承认自己依赖的是二手资料，而非亲身实地的考察。但在分析的章节中，这位学者脱颖而出。他客观地看待自己的资料，知道自己在语言上的局限性，并依据自己的分析做出合理的解释，而不是照搬那些二手资料。

我是从一篇书评中知晓这本书的。在2007年的《民主与进

1 Peter Navarro and Greg Autry, *Death by China: Confronting the Dragon — A Global Call to Action*, 2011.

2 Stein Ringen, *The Perfect Dictatorship — China in the 21st Century*, 2016.

步》中，我读过他的《自由视野》等文章。这位学者在牛津大学专攻（西方）社会学和社会政策研究。我希望他能离自己的科目更近些。

白人当权的美国政府认为，只要中国人能和美国人多接触，自然就会接受美国的价值观。我们应该问问美国政府：中国人为什么非要接受贵国的价值观呢？美国等殖民国家，曾经长期研究过基督教传教士在海外的传教活动。现在，这些研究早就停止了，也没人记得了。那些档案资料、研究殖民地的回忆录等，也都被封存了。除了招灰，它们已经没有别的用处了。

以前，我想找些这样的回忆录读一读，可费尽周折，也就找到很少的几本，有那么一两本是赛珍珠写的。她对中国的贫穷落后、中国人的食物与衣着，大书特书，可谓浓墨重彩。

赛珍珠凭借《大地》一书，摘下了诺贝尔文学奖桂冠。获奖理由是，“她对中国农民生活既丰富又富有真正史诗气概的描述，以及她自传性的杰作”。令人尴尬的是，这部作品在中国备受冷落。鲁迅、矛盾、巴金等人对作者颇多微词，认为她歪曲了中国农民的形象，其作品肤浅有余，深刻不足。我个人不欣赏她的作品，因为她对中国有太多成见了。都到21世纪了，那些成见还影响着西方读者呢。

正是受这些回忆录的影响，很多美国人深信这一点：中国的宗教是一种祖先崇拜。一直到21世纪的今天，基督教传教士中的福音派原教旨主义者仍大肆渲染这个观点。哲学上（而非宗教上）有个观点，认为人们应该记住自己的祖先，因为没有祖先的话，又哪来的你呢。

每年11月2日是西方的万灵节，它和中国的清明节一样。每到这一天，西方人就去先人的墓地祭拜、洒扫，并献上鲜花。祖先虽然不在了，但只要我们还在这世上一天，他们就会在我们心里多活一天。

每逢母亲的祭日，我和太太就站在她的遗像前，点根二十四小时长明的祭日蜡烛，并为她念诵《迦底什》。我家也供着岳父的遗像。每逢岳父祭日，太太就在他的遗像前，点上两支小蜡烛，烧三炷香，边念佛号边鞠躬。我也会站在她身后，对着岳父鞠上几躬。这不是祖先崇拜，这是对先人的缅怀与尊敬。没有先人就没有我们。

美国一些年轻的华裔认为，中国人对先人的祭奠是挪用了西方文化。实际上，在死亡面前，一切种族都是平等的，也没有文化的差别。死去的人再也没法发声了。如果那些华裔还认为是文化挪用，那么我想说：既然你们不是中国人了，那就不要再点中餐外卖了吧。

基督教传教士把中国人对先人的尊敬称为“祖先崇拜”。

其实，这些人不管去了世界哪一个地方，亚洲、非洲、拉丁美洲等，就把当地人对先人的尊敬一律视为“祖先崇拜”。当然，南极和北极除外，因为在南极亡故的是企鹅，在北极死的是北极熊。

一些定居海外的中国作家认为，因为自己是中国人，所以当然有资格撰写自己祖国的作品。他们的作品大都是英文的，读者群也是在海外的，尤其是美国。毕竟，美国是英文图书的最大市场。西方读者本就是用畸形眼光看待中国的，这些作品不经意间就迎合了他们的口味，所以西方读者对它们是既接纳又赞美。

在英国的张戎就是这类作家中的一个。1952 年，张戎生于四川宜宾。1991 年，她的作品《野天鹅：三个中国女人的故事》出版，内容是“文革”期间，她祖母、母亲和她本人在中国的生活和遭遇。我读了一遍，读得心生厌烦。

1993 年，张戎获得英国非小说类图书年度奖，英国某家出版社特意举办了一个读者见面会。刚好我也在场，就和她聊了几句。但随即，我就终止了谈话。一个英语讲得那么糟糕的人，怎会用英文写出那么流利、颇具风格的一本书？我公开表明我的看法，认为有操刀之嫌。

举个例子类推一下，大家可能就会明白了。比如我，虽在中国生活了大半辈子，大半辈子都在研究中国，但要我用中文写作的话，无论如何我也写不出苏东坡那样的句子："料峭春风吹酒醒，微冷，山头斜照却相迎。回首向来萧瑟处，归去，也无风雨也无晴。"

其实，1993年的时候，中国已经发表不少有关"文革"的作品了。正如前文所述，那一年我已经在中国安了家，也听过很多同样的故事，但我没有记下来，更不会诉诸笔墨。张戎这样的作家所讲述的中国，不是我们心目中的中国。他们已经离开中国很多年了，我来中国快四十年了，且丝毫没有离去的打算。

20世纪六七十年代是冷战的高潮时期，距今并不遥远。我经历了这个时期，也非常熟悉这个时期。当时的美国，拥有一批训练有素的苏联专家，他们不但通晓俄语，也精通苏联历史、文化和社会体系。这批专家叫"克里姆林宫学家"，他们匡正扶持着美国政治家，使其能够避免重大误解和冲突的发生。但是后来，美国严重低估了这些专家的作用。

戈尔巴乔夫在任期间，苏联解体。美国开始流行一种观点：苏联解体了，俄罗斯人回来了。其实，苏联人就是俄罗斯人，苏联也是俄罗斯人的苏联。现在，掌管俄罗斯的也是俄罗斯人。但是，美国原来的"克里姆林宫学家"都已经退休了，没人接替他们了。

美国如果能有一批训练有素的汉学家，像当年拥有的杰出的“克里姆林宫学家”那样，那么美国的政策就会不同了，整个世界也会因此而有所不同。作为一位研究中国历史的学人，我深信一点：中国不需要从美国那里讨什么经验；中国从五千多年的历史中，就能找到自己的力量，重建和恢复自己在世界上的大国地位。

随着邓小平掌握大局，中国走上了历史的紧要关头，用了短短四十年、一两代人的时间，就让人刮目相看了。时至2021年，中国已经崛起为世界强国了。

前总统特朗普治下的美国，被狂妄自大、种族主义，以及白人对其他群体的不容忍弄得四分五裂。从历史上来看，一个帝国延续三四百年就会土崩瓦解，美国也绝不会例外。而中国，因为有着非常悠久的文化、历史和传统，所以始终能像凤凰涅槃那样，在灰烬中也能焕发出活力。

这一节，我写了两个中国，一个是我们的中国，一个是美国人想象的中国。他们把中国想象得越来越黑暗，越来越有威胁性。美国人之所以有这种心理是因为美国在衰退，眼睁睁看着过去一呼百应的场面不再，他们的心理难免会出现问题。以前，现代科技没有这么发达，一个国家的衰退尚是缓慢的，但现在，早上发一条推特，中午时间还没到，整个世界可能就已经改变了。

后　记

为了掩盖美式民主的失败，美国就在一些说英语的国家责备中国，把中国当成替罪羊，凡事都怪中国。历史上，很多帝国在衰退的时候，也是这么做的。因为它们感觉自己受到了挑战。有些挑战如杯弓蛇影，但它们自以为是真的。现在，中国并没有在挑战美国，美国却错误地对中国发起了意识形态之战。

从地理位置来看，中美都是沿海国家，但中国坐落在辽阔的欧亚大陆上，地理位置比美国更优越。欧亚大陆向东延伸到太平洋，最西端是欧洲和亚洲的分界线——乌拉尔山脉。向西越过这条山脉，就是欧洲了。而北美，却和欧亚大陆毫不搭边。

欧亚大陆的大片土地，是掌控在中国手里的，并且那儿还有世界上难以逾越的最高的山。美国鹰派认为，一旦中美交战，美国必胜。克劳塞维茨的《战争论》讲的是陆战。拿破仑打的是陆战，20 世纪初的希特勒也是以陆战为主。现在就不同了，用的是导弹、战斗机。喝燃料的战斗机就是飞行的油罐车。

中国一位退役空军飞行员甚至对我说过，战斗机就是飞行的鸭子。不管叫哪个名，战斗机都很容易成为靶子。如果美国的战斗机飞过来打中国，一旦被袭，美国空军基地又该怎样救援呢？再说了，那些空军基地离得太远、太远了。

我希望美国能听听上面的推理。我呼吁世界上各个国家都别再打仗了，还是联起手来，共同对抗气候变化吧。病毒没有国界，气候变化也是不分国界的。